Regente Plutão

Cleusa Maria

Regente Plutão

EDITORA RECORD
RIO DE JANEIRO • SÃO PAULO
2012

CIP-BRASIL. CATALOGAÇÃO-NA-FONTE
SINDICATO NACIONAL DOS EDITORES DE LIVROS, RJ

M285r Maria, Cleusa, 1950-
Regente plutão / Cleusa Maria. – Rio de Janeiro: Record, 2012.
il.

ISBN 978-85-01-09649-4

1. Romance brasileiro. I. Título.

12-0451 CDD: 869.93
CDU: 821.134.3(81)-3

Capa: Leonardo Iaccarino

Texto revisado segundo o novo Acordo Ortográfico da Língua Portuguesa

EDITORA RECORD LTDA.
Rua Argentina 171 – 20921-380 – Rio de Janeiro, RJ – Tel.: 2585-2000

Impresso no Brasil

ISBN 978-85-01-09649-4

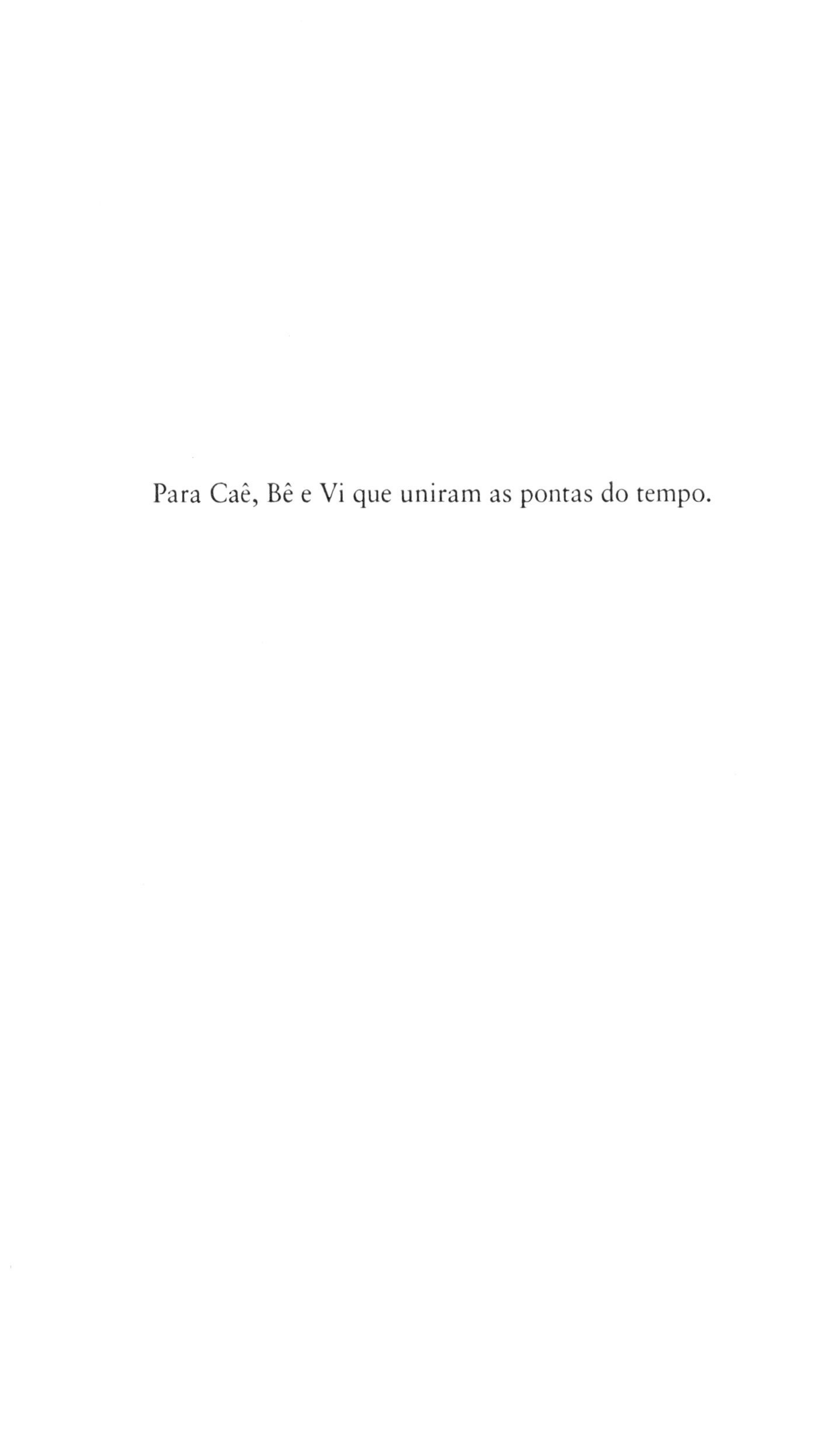

Para Caê, Bê e Vi que uniram as pontas do tempo.

"Os deuses, porém, não fazem sinais nem advertências àqueles a quem de antemão votaram a um mau destino. Deixam-nos seguir seu caminho, sem temor nem pressentimento. E o destino, do fundo deles mesmos, se adianta ao seu encontro."

[Stefan Zweig, *Maria Antonieta*]

PRIMEIRA PARTE

Violante e Lúcio: O encontro

Lua minguante

Nada parecia estar para acontecer em sua vida ultimamente. Como se, no relógio dos fatos, o ponteiro dos minutos estivesse enferrujado e a roda que movimenta a vida, emperrada em alguma engrenagem. Nada mesmo parecia estar para acontecer, menos ainda naquela noite de ano-novo. Véspera de a terra inteira estremecer na euforia de uma possível nova era. Homens e mulheres precisam acreditar que, no futuro do pretérito, a vida pode ser conjugada em outro tempo e em outra voz e que a felicidade depende do gesto de virar a folha do calendário.

Violante caminha pelo terraço de seu apartamento a um palmo das jaqueiras atlânticas, aos fundos do terreno, que a mão pode alcançar. Caminha descalça e seus pés ainda podem sentir o calor do sol de maçarico que gratinara sua casa até o anoitecer. Reconhece a paisagem caseira, a massa bruta do Corcovado e, sobre ela, o Cristo Redentor. Um céu infindável, onde muitas vezes a Via Láctea se mostra tão próxima e real que é possível perceber ninhos de estrelas nascentes e o cemitério de corpos celestes em decomposição. Neste instante, tudo se acoberta e silencia na paisagem soturna, como soturna é a solidão humana. Calor sufocante, atmosfera abafada e uma profunda quietude inesperada.

A mulher alonga o corpo e, como os vira-latas, fareja o ar atrás de uma brisa que seja. Gira em torno do próprio eixo em movimentos repetidos, sem saber que rumo seguir ou que lugar ocupar no mundo. Violante olha à sua volta. Vê o caco de lua buscar brechas no céu, se debater contra o naufrágio até ser tragado como um grão de areia pelas nuvens em ondas sucessivas. Ora a lua é holografia disforme, ora estilhaço de espelho suspenso no mar revolto.

Violante desce a escada de madeira que leva do terraço, no segundo piso, à cozinha, no primeiro andar. Ao cruzar a sala, pela vidraça da janela, vê a rua de calçadas desertas e, sobre elas, o silêncio de Marte. Abre a geladeira, sem apetite para a frieza verde das uvas ou tentação diante da promessa de sumo das maçãs maduras. Alcança a jarra de suco de tangerina. Muda de ideia, deixa tudo onde está. Nada a apetece àquela hora. Talvez uma taça de espumante. Pensa e coloca três garrafas na geladeira, duas no freezer. Vai até a sala. Na passagem pelo corredor, verifica se o telefone está no gancho, ou se por um esbarrão da faxineira ele estivera o tempo todo deslocado, condenando sua noite à condição intransitiva de ser e estar. Vem à sua cabeça uma frase lida ao acaso, cujo autor não se lembra agora: a vida é maravilhosa, mas precisava ser todos os dias? Quero férias de mim mesma ao menos por esta noite, por um momento breve e reparador.

Que nada! O aparelho está onde sempre estivera, e as coisas à sua volta descansam em seu lugar exato. Da mesma forma que Violante se põe em sua vida; era incapaz de dar um sinal, escrever uma carta, fazer uma ligação, mandar um e-mail se disso dependesse encontrar uma companhia. O que tivesse de vir viria de algum modo. Ela sempre pensou assim. Mas, durante aquele dia inteiro, nenhuma chamada por engano. Nem mesmo quando se despiu no chuveiro, querendo que a campainha tocasse nem que fosse para sair respingando água e espuma, quase escorregando no piso de mármore, só para ouvir do lado de lá uma voz espacial qualquer que ali chegasse mesmo por engano. Nem isso acontecia.

Violante sobe as escadas e liga o rádio. São exatamente 19h08 no Rio de Janeiro naquela noite de ano-novo. O que poderia interessá-la àquela hora? Nem mesmo o poema de Borges, ainda assim ela experimenta: *Não haverá nunca uma porta. Estás dentro.* Ela já havia desistido de passar o réveillon em Paris com um romance de passado recente e sexo garantido. Enrolada no xale de cashmere, iria acabar percebendo que uma viagem a mais não mudaria o sentido de nada. Também não queria a reclusão de mosteiros tibetanos, onde já fora buscar a quietude da alma e o silêncio da vontade. Naquele momento, como não era usual em sua vida, Violante desejava o turbilhão dos sentidos, um acontecimento banal qualquer que animasse a carne como fizera o sopro ao barro. A água represada, entretanto, não rompia à força o dique e só encontrava um furo de agulha por onde escorrer aos filetes.

E assim, ela não aceitara o convite para acompanhar os amigos a uma festa em Angra dos Reis na certeza de que iria assistir ao mesmo filme das comemorações milionárias. Não, não, estou velha demais para repetir o erro. E nem pensar em se vestir de branco, abraçar uma dúzia de palmas-de-santa-rita e enfiar os saltos italianos na areia suja de Copacabana, antes de cear com o grupo de desmamados em uma suíte de hotel de luxo. Se naquele instante tivesse certeza de alguma coisa, era de que ninguém preencheria o vazio de suas vidas com um coquetel de cocaína, uísque e champanha. Isso de novo, jamais. Uma vez fora o suficiente.

E agora era tarde para dirigir sozinha, enfrentar a noite, provavelmente mais de oito horas de estradas desertas, até a fazenda dos pais nas fraldas da serra da Canastra. Ali onde se encontram as nascentes do São Francisco e do Paranaíba, o horizonte é vasto e o cerrado ainda encorpado pelos pés de araticum que fazem sombra para as gabirobas. No centro-oeste de Minas Gerais também gravita o seu centro. Violante, enfim, prefere ficar só como decidira estar nos últimos tempos de sua vida. Há muito ela descobrira que a felicidade podia se resumir a ler um bom livro numa noite de ano-novo. Se em boa companhia, melhor; sozinha, também não é um Deus me acuda. A verdade é que gostava de estar só, de morar sozinha, da boa convivência que acabara aprendendo a manter consigo mesma. Ultimamente, ela se tornara sua melhor companhia. Acreditava que felicidade não se tem por sorte ou herança. Só mesmo o exagero dos poetas para dizer, como declaravam em entrevistas aos jornais, que há pessoas geneticamente alegres e pessoas geneticamente tristes. Ainda que alegria e felicidade sejam dois estados da existência diferentes, tanto em um caso quanto em outro, isso era decisão de vida. Violante se tornara uma mulher alegre e uma pessoa feliz. Se as coisas não iam bem do lado de fora, do lado de dentro ela vivia em completude.

Vuelvo a mi

Naquela noite que se apresentava tão singular, algo não se encaixava na forma conhecida, uma peça saíra da ordem, alguma vontade se insinuava hesitante, irrompia de um ponto inconsciente, perdurava em sua mente, escapulia autógena e influenciava seu pensamento. E agora, José? A festa nem começou. A luz apagou, o povo foi embora. Não quero minhas músicas, não quero poesias, não quero ficar em casa, nem ir para outro lugar. Apenas não quero. Violante desce de novo os degraus que levam do terraço à sala e, outra vez, sobe a escada de volta à varanda. Vê aquele fantasma de lua no céu. Inquietude, calafrio, que só se sente quando é intenso o calor. Música, pelo amor de Deus. Liga o som, onde antes girava a *Carmen* de Bizet. Aperta o replay em sua ária preferida, então mata-me ou deixa-me passar.

A voz da cigana é a senha para Violante deixar o corpo tombar na cama, se entregando ao peso de seus quase 60 quilos. Ao cair de bruços no colchão e mergulhar nos lençóis, desaba, mais pesada que todos os ossos, músculos, órgãos, articulações, pele, pelos e sangue tão bem arranjados no corpo que então confortavelmente habitavam. Por um instante, ela se sente demolida, destruída e todos esses adjetivos começados pela letra D e que apenas significam a devastação da alma e o coração vazio.

Enfia a cabeleira escura sob a pilha de travesseiros. Só então, no meio da escuridão e da sombra, consegue chorar mais descontroladamente que os bebês que sentem fome e frio, sono e dor ao mesmo tempo sem saber o porquê. Quero colo, quero sossego do amor incondicional, quero casa de pai e mãe, quero visitar por um momento a cozinha da fazenda, sentir o aroma do leite fumegante adoçado com açúcar mascavo e canela. Quero meu centro de volta para não me sentir perdida e tão só apenas por estar a sós.

Três minutos de choro e de ópera era o bastante por ora. Violante lembra apenas vagamente da última vez em que havia chorado por mais do que esse tempo ou se deixado abater por uma perda, além dos convencionais sete dias de luto. O que já havia perdido não era nada que valesse tanto quanto uma ruga no rosto ou um vinco no coração. E ainda teria muito a perder, isso era uma verdade que sabia de certo na vida. De certo Violante tinha também que as linhas retas vão se encontrar no infinito. E ela haveria de encontrar o objeto exato para sua escolha amorosa. Um homem que iria segui-la se um dia se dependurasse à beira dos abismos do espírito e que estaria ao seu lado quando a enlaçassem as vontades do corpo e os desejos de mamíferos. Seria o mesmo que a ouviria se o silêncio chegasse qual chuva fina sobre o deserto. E que, sendo todos eles uma só pessoa, estivesse lá no final até que nada os separasse. Sim. Desde que ela não tivesse de perder a autonomia de seus atos, nem depender do outro para o bem ou para o mal-estar. Mas este ela ainda não havia encontrado, e não seria aquele o momento de desistir.

Desistir jamais. Fora assim que Violante conseguira a carreira sólida, a sociedade no escritório de arquitetura, o respeito dos adversários, o apartamento elegante, a vida confortável e aquele vazio a sua volta, que ela construíra sem remorsos, porque sabia que escolhas mandam fatura ao final. E até agora pudera pagar. Ela escolhera os homens que quis e os homens que não quis. O que segura Violante se não a viga de concreto? E aquilo que não se inclina para dar passagem ao vento um dia vai se quebrar. Ela erguera bloco por bloco a casa interior de arquitetura severa, geométrica, impessoal; escolhera sempre o refinamento da forma, a economia de meios para riscar um caminho sem curvas, apenas quinas, ângulos, esquinas. A razão, sempre a razão, a riscar a linha que protege o lado de dentro do lado de fora. Assim Violante se fizera dona de seu nariz, de suas contas e de sua solidão, enquanto determinasse a vontade. Sobretudo, era ela mesma a única pessoa que controlava as próprias decisões. O homem certo ou errado, o caminho falso ou verdadeiro, só poderia vir da escolha.

Violante escolhera desde o começo. Na primeira vez, e isso bem cedo ainda no tempo da faculdade, que não teria filhos ou qualquer criatura viva que dependesse de seus cuidados e de seu tempo. Fosse gato, cachorro, passarinho na gaiola, peixe no aquário ou criança no colo, como quisera o primeiro marido, durante todos os anos em que estiveram casados. Um bom casamento, que poderia ter durado a vida inteira, se a decisão pertencesse a ele apenas. Um jovem colega de faculdade de futuro promissor, que se mostrava profundamente contrariado em ver sua mulher correndo do trabalho para congressos, palestras, seminários, conferências. Da carreira cuidaria ele, Violante tinha a casa, os jantares de negócios, as reuniões em família, o marido e, depois, teria os filhos para cuidar. E assim não foi. Ele que ficasse com a carreira brilhante, porque ela ia cuidar da sua. Seis anos depois estavam divorciados. E ela, livre outra vez para ser sozinha, para não ter a obrigação de querer aquilo que não queria.

Da segunda vez, correra risco sem calcular e colocou em jogo a firmeza com que determinava a independência, fosse de amor, sexo, aprovação ou companhia do outro. A separação fora, e como fora, doída. A entrega mais apaixonada a um homem, o charmoso escritor que colecionava prêmios internacionais e homenagens, bem como relações de qualquer gênero, idade ou cor, nenhuma, porém, monogâmica. O romance acabou como começara. Sem limites. Entre brigas ruidosas ao telefone, discussões madrugada adentro, reconciliações fogosas, silêncios pesados, perda de tempo, de centro e de juízo. Três anos depois, Violante corrigira a rota e retomara o equilibro, a única forma que ela conhecia para viver em paz. E assim vinha sendo até agora.

Violante aprendera a negociar com impasses e, no fim, sempre se convencia de que tinha ainda muito a ganhar. Não podia reclamar da natureza, o tempo estava ao seu lado. Aos 48 anos de idade, se tornara uma mulher que não se consideraria bela se examinada nos detalhes. Se faltava harmonia às formas e delicadeza aos traços, ela os compensava com a segurança do sorriso calculado e quase sempre encantador. A maturidade chegara e, com ela, a consciência de que magnetismo pessoal era questão de explorar os atributos da personalidade.

A mulher experiente sabia dosar a sensualidade necessária ao se mover e sorrir. O olhar direto arrematava uma elegância atribuída às atitudes. A ausência de simetria no rosto e a desarmonia das medidas, o corpo de pernas excessivamente longas e finas, seios abaixo do recomendável, quadris mais largos que o necessário, já não abalava sua confiança. E era nisso que os homens se detinham, sem saber exatamente o que havia de belo e feminino naquela mulher. Tanto quanto ela não conseguia ver em si mesma quais atrativos faziam os mais jovens, e sempre os mais jovens, olharem para seu corpo como o de uma passante desejável.

De um deles, músculos e libido explodindo sob bermuda e camiseta, ouvira na caminhada do fim de tarde à beira-mar. Se eu tivesse uma mãe assim, meu pai seria corno há muito tempo. Depois do susto com a frase sussurrada em aproximação abrupta, ela sorriu sozinha. E arquivou a cortesia vulgar como atestado de validade ou certificado de garantia.

É o que lhe retorna à memória naquela véspera de ano-novo. Sem que se acalme a inquietude desce de novo a escada. Alguém assovia lá fora, um dono chamando seu cão. Um cão que não rosna, não late, não responde, não abana a cauda. Violante, então, se dá conta do silêncio em sua casa, na rua, na cidade e de que a ópera de Bizet chegara ao ato final. Troca pelo piston de Miles Davis, separa CDs de Chat Baker, e o vinil de capa branca do *Köln Concert*, de Keith Jarret. A caminho da cozinha, olha através da janela, na rua vazia, a luz dos postes que desenha riscos de claro e escuro na calçada. Um casal de velhos caminha vagarosamente lado a lado, ele se apoia na bengala à mão direita. A mulher toca a mão do marido como se cuidasse de não deixar parecer aos outros e, principalmente a ele, que ajuda seu velho homem a caminhar. Às vezes, a vida acerta os passos e o amor se embala ao mesmo ritmo.

Violante sempre vira com respeito os que seguiram caminhando juntos, presenças fluídas na solidão do companheiro, como seu pai e sua mãe pela vida afora. Dois a dois satisfeitos por serem dois, mesmo sendo cada um inevitavelmente um só. Contentes por beberem juntos uma xícara de chá no meio da tarde. Entretidos com a contabilidade diária de quem foi, afinal, que não baixou a tampa do vaso ou não repôs o papel higiênico do lavabo. Um e um, igual a dois na matemática e na solidão.

O prédio e suas janelas

Àquela hora, lá no alto, se move o caco de lua na vastidão. Há pouco se erguia, agora se turva detrás do chumaço de nuvens, revelando o espaço em sua dimensão mais profunda. O semiarco de madrepérola parece destinado a contemplar o laboratório da experiência humana à sua sombra. Acima, a lua eterna, abaixo, todos os mortais. Todos iguais, os que se movem erráticos como ninhadas, os que lançam raízes como rastilho de pólvora no caminhar. Entre a lua e os mortais, só o vazio que Violante conhece tanto quanto seu passado. A assombrosa dimensão da existência, onde não se ouve voz, nem se distingue rosto, não a confinaria. Em vez de se deixar comprimir, ela permitia que o vácuo dilatasse, inflasse até romper os limites. E, a partir deste ponto, não há mais antes nem depois. Nada é resposta, pois não há explicação.

Por maior que seja o deserto, ele pode ser povoado. Para isso, existem livros, filmes, ruas, praias, cidades, pessoas e, sobretudo, pensamento e imaginação. Violante dividira sua vida em metades paralelas. Uma para viver todos os dias, a outra, para descansar da sequência interminável da vida, e sobreviver a ela. Fora assim antes mesmo de trocar o silêncio da casa dos pais pelo movimento da cidade grande. Os prédios e suas infinitas janelas anônimas, e as cenas diárias, fragmentos de narrativas que reescreveria mais tarde, pálpebras cerradas na cama, dissolvendo o cenário à sua volta, objetos íntimos, livros empilhados à cabeceira — os mesmos de sempre, poesias, biografias.

Noites enluaradas, madrugadas de temporal. Deitada de costas em sua cama, vidraças abertas ao tempo, ela deixava que, uma a uma, as janelas que trariam o sono se afastassem como o comboio na noite até virar um ponto luminoso e inatingível. Violante buscava a insônia, se afastava aos poucos do mundo visível. Desfeitos os contornos do ambiente físico, paredes e objetos da cena real, se abriam as cortinas do teatro para uma plateia vazia. Cortinas tecidas com o mesmo fio que distingue o mundo concreto da fluidez mental. Dependurada nessa teia, flutuava em camadas sem tempo e espaço. Não era sonho e não era realidade, nada mais que um estado de experimentar além.

Nesse jogo de não ser o que se é, Violante descolava o corpo da matéria, reinventava lugares e podia transportar a mente sem corpo para um terraço de pedras ancestrais. Dali conseguia avistar a paisagem virtual que já realizara sua potencialidade em uma antiga existência. Árvores de esqueletos retorcidos provendo o alimento, abrigo e sombra em um reino original. O rio que abriu caminho à força ao pé de montanhas desabitadas. E o silêncio compacto que o homem da metrópole não conheceu. Caminhava por cavernas escuras depois do gelo e antes do fogo. Em outro tempo, podia sentir o odor do azeite queimando nos candeeiros, ouvir o barulho dos cascos das parelhas afastando-se nos temores da noite medieval. Outrora, em algum momento antes de Cristo e do caldo primordial, ela se via sob um céu de trevas e constelações do passado, emitindo ao futuro incerto promessa de vida sem começo nem fim. O tempo gerando seus tempos, muitos milênios atrás, antes do gelo, do fogo e da luz.

Nessas horas, os sentidos eram surpreendidos pela claridade do dia invadindo as frestas da veneziana, rompendo a estilete o que restara das sombras. Ao escutar o canto dos pássaros, o alvoroço das aves abandonando poleiros na mata, saía das noites de vigília como se acordasse da eternidade. Dormir é perda de tempo. O homem evoluído não deveria gastar mais que quatro horas de sono. Oito horas dormindo, depois da invenção da luz, dos livros, do cinema, da televisão, da internet, é desperdício de tempo. Vá lá que na Idade Média o homem dormisse com as cigarras e acordasse ao clarão primevo, mas no mundo contemporâneo é desperdício.

A verdade é que o sono que aquecera Violante nas noites de infância há muito se fora. Nem eco restara da respiração dos pais e dos irmãos sob o pé-direito do casarão da família. O arco das horas se curvara implacavelmente aos ponteiros do carrilhão, um dia vendido no antiquário. Agora, a mente acesa se abre em asas sobre o sono das criaturas de sua imaginação. Que casais estariam adormecidos àquela hora, a perna abandonada sobre o corpo da mulher, a cabeça entregue ao ombro do homem? Quem naquele instante estaria se amando a dois, a um, a sós? Quem suaria em pesadelos de fins de mundo, que todos carregamos e que irrompem em volumes feitos realidades nos sonhos? Quais estariam se lançando em pedaços à fome do ciúme e da ausência, ou simplesmente alimentando a fera por não suportar o destino atrelado à solidão do outro? Quantos estariam caminhando pela sala, deixando escorrer o presente feito respingo de chuva na vidraça?

O tempo é artifício. Ninguém pode esticar o fio, criar bordados, atar nós nem descobrir o traçado. É só uma linha sem significado qualquer. E se tudo na vida é travessia, nada antecede o momento, ele é único por mais que a lembrança insista em negar o impermanente. A lembrança é trapaça contra a consciência de que, ao final, sempre virá a sentença. Esquecimento. O que vivemos como pleno e duradouro nada mais é que o vazio. Como reter aquilo que por natureza tem o fim como destino? Não se detém sequer o instante da colisão possível entre o homem e a mulher que, na rodada do acaso, estiveram no mesmo planeta ao mesmo tempo e no mesmo lugar, onde talvez pudessem se encontrar. Momentos passados e futuros são vazios como o copo cheio de ar, e nos resta aceitar que tudo se move por ser pluma ao vento. O encontro fortuito passa por nós e acena a mão estendida sem que, entretanto, possamos ao menos tocá-la com as pontas dos dedos. Violante lembra os versos de Baudelaire.

Não te verei senão na eternidade? Alhures; bem longe daqui! Muito tarde! Jamais talvez! Pois ignoro onde tu foste, tu não sabes aonde vou, ah se eu a amasse, ah se eu a conhecesse! Onde tudo é passageiro, só podemos ser passantes, a vida plena ou vazia irá durar o tempo necessário para que o pavio se consuma até o toco.

A mão no breu

No casarão de fachada colonial e meia dúzia de janelões, em frente ao prédio de Violante, quase todas as janelas mostram seus vãos sombreados, vidraças sem luzes acesas e o caco de lua em desassossego, sem fenda, entre nuvens pela qual possa iluminar a rua. No salão sobre a mesa, bem antes da ceia, ela avista os castiçais de prata aos pares à espera do momento seguinte, os círios prontos para receber a chama mortiça na festa ou no velório de algum fim. Dali, ela quase pode sentir o perfume enjoativo das braçadas de lírios sobre o aparador. Para Violante, as flores sempre cheiraram a velório. Ela não avista a moça ruiva de cabelos cortados em pontas, nem o homem mais velho, nem o visitante que anda por ali em algumas tardes e madrugadas. Estranho, pois não se vê movimento, não se ouvem ruídos, não há ninguém. Nem se mexem as folhas das palmeiras que ornamentam os jardins nem os brotos das cássias amarelas que Violante quase pode tocar do parapeito da janela.

É o que ela percebe quando se volta sobre o ombro, pensando em subir as escadas da sala para o terraço, e mais uma vez se detém, ao ouvir a freada brusca de uma motocicleta que estaciona em frente ao casarão. Ela para no quinto degrau. Volta à janela. Àquela hora, se move desorientado o clarão azul interdito na vastidão. Na calçada em frente ao prédio de Violante, um homem jovem de porte viril caminha impacientemente. Acende um cigarro na brasa de outro, joga o cigarro no chão. Extingue a brasa com o solado dos sapatos, retorna ao ponto de partida, mal entrevisto na sombra. Caminha como Atlas, distribuindo o peso do corpo alternadamente sobre coxas de músculos trabalhados, pernas plantadas em arco, pesadas. Acende outro cigarro, apaga uma nova brasa como se precisasse ganhar coragem. Ajeita os cabelos curtos, cortados rentes, entre os dedos. São negros, os cabelos. Está tenso? Ou será vaidoso?

A camionete da vizinha estaciona à sombra da cássia amarela na calçada em frente. A mulher desce apressada, o vento sopra os cabelos ruivos cortados em pontas. Os fios cobrem a metade do rosto e a parte que não encobrem está sorrindo. Vem sozinha de novo, sem o marido, um sujeito de ar distante, um biotipo do leste europeu que a distância aparenta um quê de galã esnobe, bastante atraente ao gosto pessoal de Violante. E, se bem me lembro agora, muito mais velho que a mulher ruiva. Seu amigo, seu irmão, seu pai? Pela forma que age, se é que daqui avisto bem, tem mais jeito de ser o marido. O homem da calçada é bonitão. Mas o outro faz mais o meu tipo.

O homem da calçada arrasta a mulher ruiva para a nesga de sombra sob a cássia em frente ao portão que dá acesso à garagem. Aperta sua cintura, ela se esquiva? E só quando se abre o portão da garagem, acionando o sensor de luz, Violante reconhece o homem moreno que, no amanhecer de suas insônias, ela vira sair tantas vezes do prédio vizinho. Em algumas delas, o moço assoviava a ária *Celeste Aída*. Como esquecer alguém que assovia uma de minhas óperas favoritas?

Os spots que filtram a luminosidade âmbar na piscina do casarão se apagam e uma luz alaranjada que lembra a chama de um pavio no estopo é acesa em uma das janelas abaixo. A persiana corre, mas não o bastante para ocultar a cena. Será aquela sombra a silhueta do homem, um sinal de camiseta branca sob casaco escuro, que se agarra ao corpo da mulher, linda, ruiva e nua? Nada mais se pode ver através da vidraça da sala de Violante. Nem vultos, nem luz, nem escuridão total. Penumbra. Violante lembra o abraço dos amantes de Rodin, supõe beijos, sussurros, gritos e gozos, que ela escuta sem ter como ouvir. Sente seu coração bater pesado, sino de bronze no peito, tambor no fundo da selva, um aviso. O som abafado, selvagem, de um músculo pulsando sozinho por vontade própria.

São 20 horas no Rio de Janeiro, o som de um saxofone, duas ou três esquinas além, ensaia a trilha de Gato Barbieri para *O último tango em Paris*. Agora as nuvens bloqueiam qualquer réstia de luz azulada. Uma lufada de vento atira a janela sobre seu marco, enfuna as cortinas de voile branco. O barulho inesperado atravessa com a rapidez de um raio o solo perdido do saxofone. Caem outra vez, sobre a rua, a sombra e o silêncio. De uma região remota da terra, fina camada de ar frio rompe a massa quente que sufoca a noite dos trópicos. Como uma fisgada, um choque de gelo na pele morna, envolve em segundos o corpo de Violante. Perfilada à janela, ela eleva os braços e distende os músculos dos ombros, se abraça como se pudesse se proteger. O calafrio faz com que não só o corpo mas também a alma se sintam ainda mais sós. Inquietude. É o que Violante sente enquanto se afasta da janela e volta à geladeira. Champanhe no balde de gelo e uma taça de cristal alemão, para subir de volta a escada até o segundo andar de seu apartamento. No quarto, estende a mão e encontra o breu. Tateia o interruptor na parede e, só então, descobre o despertador que havia escondido entre os travesseiros quando, ainda há pouco, desabara em prantos sobre a cama.

O próximo segundo

Os relógios da cidade marcam 21h05 da noite de 31 de dezembro. De volta ao terraço, Violante contempla o céu volumoso, no momento em que a lua outra vez tenta se livrar da cordilheira de nuvens, como se precisasse naquela noite iluminar os destinos no chão. Deve ser. Ainda há tempo para acontecer alguma coisa, qualquer coisa que eu queira ou não possa escolher. Isso é certo. Violante acredita nas grandes decisões em campo, quando um segundo a frente pode fazer daquele que se tinha como derrotado o legítimo vencedor, por mais que a sorte parecesse adversa, por mais que tudo se fizesse ao contrário. Sente que sua hora e seu tempo anunciam o acontecimento. O esperado? Que o inesperado não manda telegramas, nem cartas, nem e-mail, nem flores. Sorri para si mesma pela primeira vez naquela noite estranha. Fica decretado que a partir de agora entra em vigor a lei de Hollywood e só está valendo felicidade no final. Amanhã será outro tempo.

Ela veste a saia de seda preta, enfia a camiseta marfim, calça a sandália de saltos finos, rodopia sob a borrifada de seu perfume favorito, o L'eau d'Issey de sempre. O fio de pérolas que acabara de prender ao colo arrebenta, as contas correm sobre o piso do banheiro, tão frio como ostras servidas no gelo. Grãos de areia que os moluscos não podem expelir, camadas de nácar isoladas por defesa, transformadas em pontos de luz que Violante não tenta reaver. Sem mesmo saber por quê.

Que venha o feliz ano-novo. Eu, essa lua minguante e um bom pilequinho de champanhe. Deus é pai, mas o futuro a mim pertence, ainda que meu próximo segundo em nada dependa de mim, repete Violante, sem lembrar que tivera o mesmo pensamento cinco minutos atrás. Vai até o escritório, instalado no segundo piso ao lado do seu quarto de dormir, que dá para o terraço sobre a mata. Liga o computador. Quando não queria fazer nada e tinha tempo para desperdiçar, ela costumava frequentar as salas de bate-papo da internet. Dependendo da sorte de estar na sala, no momento e no dia certos, vez ou outra, já esbarrara em criaturas interessantes — criaturas, porque naquele mundo sem fronteiras e identidades reais tudo podia ser da mesma forma que não era. Tivera algumas conversas inteligentes, espirituosas e nada entediantes.

Chegara mesmo a conhecer um médico da Barra da Tijuca, que encontrara na sala de descasados. Cinquentões solteiros ou viúvos solitários não tinham muito a lhe dizer. Mas aquele era descasado, não escrevia mais em vez de mas, erro insuportável aos seus olhos. Gostava de música, se mostrou gentil e educado. Chegaram a se falar ao telefone, antes do encontro constrangedor em um restaurante familiar e discreto. Para nunca mais. Homens sem graça, sem charme, que gostam de falar de dinheiro, não costumam viajar, não fumam, não bebem, não gostam que o outro fume ou beba, não pecam e, ainda por cima, fazem declarações estapafúrdias na primeira vez, não faziam a linha de Violante. Ela acabara desistindo dos encontros virtuais. Até aquela noite. Enquanto nada acontece, não custa espiar a vida dos outros, e dar uma pausa na minha. Entra na sala, encontros ocasionais.

Dshun, o abismal

Lodaçal. Quero enfiar o pé na lama. Tornozelos, tronco, cabeça. Quero atolar meu coração. Esta é a imagem do momento de que tanto me fala o oráculo. *Dshun*, o estado do caos, quando pela primeira vez se reúnem céu e terra, o luminoso e o sombrio. Meu hexagrama no I Ching errou, não quero libertar a alma do corpo, não quero o princípio da luz contido na escuridão. Hoje, quero a escuridão.

Estou errado? Ou será que é certo um homem sentir desejo de matar? Os homens sentem, matam. Até eu já matei, mas sem sentir nada. Só para tirar do meu caminho, limpar a rota, prevalecer o combinado. Coisas do negócio sem sentimento algum, nem raiva, nem medo, nem qualquer pensamento de para onde irá esta alma, o que vai deixar para trás, o que não vai viver pela frente. Só um disparo, dois, pronto. Estou errado? Será que todos os homens que sentem raiva matam? Deixo isso para pensar depois. Nunca senti raiva de mulher, nunca precisei do veneno para seguir em frente e esquecer. Desta vez eu tenho medo de não sentir raiva no momento certo, de ficar pensando em para onde irá esta alma, o que vai deixar para trás, o que não vai viver pela frente.

E se eu estiver errado? Ou será que é certo um homem desejar uma mulher mais que bicho no cio, que espreita, corteja, disputa e pode até matar para não perder? Nunca fui assim, mulher a gente caça, abate, mastiga como chiclete, tira o açúcar e já não presta mais. Com ela, não. Quero o cio, o corpo, mas depois também quero a quentura macia do colo, os seios, a boca, o olhar. É isso o que acontece comigo ao lado de Irene. Mas não gosto de traição, nem depois nem antes de mim. Sempre fui assim. Tenho minhas próprias leis. Se eu devo, eu pago. Se me devem, eu cobro. E cobro caro de quem não paga com lealdade.

Do lugar de onde vim, e para onde sempre vou voltar, toda falseta é humana, todo pecado nos precede. Menos um: o tiro dado pelas costas. Quem diz que em território minado não tem honra, errou. Palavra tem peso de ouro em boca de bandido. Paguei, cobrei e risquei minha sina à bala. Se o meu caminho sempre vai ter o cheiro de esgoto e vala aberta do pântano onde eu nasci, vai ter também cheiro de pólvora. De bala traçante, daquela que risca no céu seu desvio para o sangue. Só não avisa o destino certo antes de chegar. Porque no meu tempo de menino foi assim. Tresoitão escondido no lixo junto com brinquedo quebrado, pião de lata pintada, caminhãozinho de pau, sucata que a gente, criança, catava por lá. Minha mãe diz que só tomei este rumo extraviado na vida por causa do cheiro de esgoto e vala aberta daquele pântano onde nasci. Diz que contamina os miolos. Que a mãe gostasse, não vou dizer que gostava. Mas a pobreza cala a boca da dignidade, e a mãe ia deixando. Só não aceitava encontrar brinquedo novo que tivesse mudado das mãos do dono para as mãos de seus meninos, nem cordão de ouro ou relógio de pulso em bolso do short quando esfregava a roupa suja na bica com sabão em pedra.

Hoje, não. O negócio está mudado. Quem dá a munição cobra caro e paga mais caro ainda. Se ninguém vendesse, ninguém tinha para comprar. Coisa muito engraçada e mais desgraçada ainda, pois quem me vende suas armas está financiando sua morte a qualquer hora. Pois é assim, no resumo dos fatos, no final das contas, é uma cobra engolindo o próprio rabo. Quem me vende suas armas compra a minha cocaína. Quem compra minha cocaína é que me dá o seu dinheiro para eu comprar as suas armas. Confusão.

Mas comigo não foi o tempo todo igual. A vida foi me mudando, mas eu também fui mudando minha vida, desde o esgoto a céu aberto num descampado em deus me livre. Nasci de uma mãe mulata, trabalhadeira, mão de ferro, forte, e de um pai branco, fraco, violento e beberrão. Se não fosse a força dela continuaria tudo na mesma. Trabalho duro de dia, espancamento de noite. Só que a mãe virou o jogo. Saiu fora. Abandono do lar. Primeiro só com os três moleques, dois meninos e a menina. Depois com o diploma de técnica em enfermagem, acabou chegando lá pertinho de onde queria. Casou de novo. Casa limpa, comida fresca e roupa lavada para um gringo que esquentou sua cama e virou uma espécie de filho mais velho. O favorito. Foi neste lar que eu cresci. Criado por um padrasto europeu, homem fino de cultura, numa casa de duas lajes e quatro quartos, piscina no terreno, do lado de lá da linha da Central.

Igualzinho ao meu padrasto, eu tomei amor pelos livros. Nunca entendi ter herdado gosto de estranho que nem meu sangue tinha. Mas foi minha salvação: Epicuro, Sêneca, Sócrates, Voltaire, Roland Barthes, Isaías, Eclesiastes, Mateus, eles salvaram a minha alma. Fui sugando palavras e misturando tudo que devorava da estante com as minhas ideias mesmo. Juntando frases, raciocinando, aprendendo a ver a vida do meu jeito. Do jeito certo, do jeito errado? Se for verdade que existe um sagrado território da alma, a minha eu preservei.

Desde menino eu penso assim. Cresci atento, curioso, abusado e irrequieto até aprender a me enganar que era força e macheza tudo aquilo que só era frágil e humilhado de nascença. Vendi Bíblia de porta em porta, enciclopédia em colégios grã-finos. Fui motoboy em escritório de bicheiro. Trabalhei em fábrica da meia-noite às sete horas da manhã para me formar advogado com bolsa de estudo da universidade. Depois um concurso para a delegacia civil, um casamento, uma mulher funcionária pública que engordou e ficou ciumenta, uma filha gorduchinha e uma insatisfação monumental. Depois dessa, outra mulher professora, metida a elegante da zona norte que não sabia trocar uma lâmpada; mais uma filha menina, e de novo uma insatisfação monumental.

E por causa de uma terceira, ex-namorada da adolescência, abandonei a segunda. Outra vez, mudei da casa de uma mulher para a casa de outra. Fui morar em pombal na outra banda da ponte com uma nesga para a orla de luzes da minha cidade, que ainda ficava do lado de lá. Essa era piedosa, evangélica, não sentia ciúme de nada, nem da pelada com os parceiros, nem de porranca com os amigos nos churrascos dos fins de semana, nem de mulher que ligasse de madrugada para o celular, fingindo que era engano. Acredita em Jesus, pensa que me dá paz, como se eu pudesse achar paz em algum lugar. Como se alguém pudesse me dar paz, como se eu quisesse isso, como se eu soubesse o caminho para onde ir.

Dessa vez nasceu um menino homem, que chora a madrugada inteira. E a madrugada inteira, eu ouvindo Los Hermanos: *Olha só que cara estranho que chegou, parece não achar lugar no corpo que Deus lhe encarnou...* Só tentando sufocar de novo a insatisfação monumental. Com essa ainda estou, mas é como se não estivesse. O fato é que tenho um menino e duas meninas. Mas prefiro ser pai de meninas. São doces de índole, frageizinhas, tão apaixonadas, acreditam em pai, mesmo nos que ficam sempre ausentes. Garoto, não. Parece que já nasce com raiva, cresce revoltado com mania de defender a mãe, tem uns que ficam até inimigos dos pais, levantam a voz, a mão. Menininhas são capazes de amar na falta, podem ficar velhinhas solteironas e ainda admirar um pai que só existe no faz de conta e na memória ou que sorri de um porta-retratos, para quem elas rezam de noite e a quem assopram um beijo delicado antes de adormecerem sozinhas.

Nunca quis ser bom marido. Mas eu sou um bom filho para minha mãe e bom pai para as meninas, cuido bem delas, tomo conta. Levo ao teatrinho, passeio nos museus, dou livrinho infantil de presente, mimo e protejo. Gosto de ter meninas como minhas filhas. Não gosto é de ter mulher fazendo tipo de esposa. Tenho agonia de mulher esperando marido chegar em casa, achando que é solução para a vida. Meu bem quer isso, meu bem quer aquilo, amorzinho, estou esperando, quando chegar me acorda, vamos ao supermercado antes do Maracanã? Não aguento mulher me olhando com olho embaçado de peixe morto, fungando igual cachorrinho que caiu do caminhão de mudança, quando lá pelas tantas da madrugada acabo chegando em casa.

Não dou rosas

Eu vivo é no limite, na cara do gol, na ponta da faca, no olho do furacão. Amor certinho, amor em paz, dessa poesia eu não morro, só gosto de ouvir em música de Durval Ferreira. Batidinha de bossa nova. Fora isso, eu quero mais: o ritmo do samba, do rock, do funk, o mundo. O meu e os mundos dos outros, os mundos que não conheço, tudo ao alcance das minhas mãos. Foi assim que a vida me mudou e eu mudei a minha vida. A base montada em uma laje com as vigas do alicerce fincadas num clarão do morro na zona sul. Uma sala de chão cimentado e livros como mobília, TV de plasma sobre pilhas de livros, mesa de cabeceira com pilhas de livros, arma escondida sob pilhas de livros. Acima, um terraço e o luxo que me saiu caro, banheirona de hidromassagem encarrapitada na pedra e, abaixo, minha cidade e todas as luzes aos meus pés. Não tenho amigos na área, eles ficaram do lado de lá do túnel, só comparsas. No máximo, recebo clientes selecionados. Meu comprovante de residência ainda é a conta de água da casa da suposta família. Mas foi para aqui que me mudei, para o lado de lá, o mais fácil, o mais errado para os outros, o mais certo para mim; entre o mais difícil e o mais fácil, isso foi justamente o que eu não pude escolher. E já que não podia mesmo, escolhi a banda podre da fruta, que é podre de doce e madura porque já nasce para ser, igual a chassi de carro, depois que se curva é pior do que pau que nasce torto. Não fica reto de verdade. Sou jaqueira, e jaqueira, todo mundo sabe, não dá rosa.

Quem disse? Eu vim ao mundo como jaqueira; cresci da semente cuspida pela fruta, que apodrece, despenca e brota no mato dos terrenos baldios. O que ninguém sabe é que, se eu quiser, sei como dar rosas. Sou uma espécie de sapo dos contos de cinderela, dependendo da princesa, um beijo me transforma em príncipe na horinha. Sei dar rosa e sei ser príncipe. Na verdade aprendi a ser o que não sou. E o que eu sou? Um ex. Um ex-polícia, excluído, extraviado? Bandido? Bandido, não. Porque bandido a gente achaca, divide o lucro irmamente, nem que tenha de subir encapuzado o morro do Dendê em incursão policial, levar tiro de raspão na coxa, guardar o rastilho de pólvora na pele por dois meses, e na lembrança pelo resto da vida. Sou artista, isso sim, não entro em cena sem estudar meu papel. Não deixo o palco antes do ato final.

O fato é que na delegacia acabei tendo a certeza de que bandido não merece viver. Merece viver quem não tem dó de vida? Nem de mãe, nem de filho? Não tem causa e nem filosofia? Meu primeiro morto era bandido. Invadiu minha casa, amordaçou minha mãe, trancou meus irmãos no banheiro, falou grosso, bateu terror para roubar um videocassete e uma televisão. Valeu a pena? Que nada, o corpo apareceu boiando no rio Sarapuí quatro dias depois. Este foi o primeiro, como eu falei; os outros foram dois ou três, cobrança de dívida, agiotas pressionando parceiro meu. Nem homicídio sem motivo, nem sequestro, que crime hediondo não sou burro de cometer. Tudo morte sem importância. Parece que só existiram para que eu estendesse a ponte para o lado de cá. De lá? Dois anos de suspensão na polícia. E essa ponte não se cruza de volta. Quem entregou meu nome ao Disque-Denúncia foi quem me pediu a gentileza. Igual a Judas na Santa Ceia, o quadro que minha mãe tirou de cima do portal da sala, depois que casou de novo e virou protestante.

Sou fatalista, acredito em destino e em Deus; no Imaculado Coração de Maria; no poder do sangue de Cristo; na palavra da Sagrada Escritura, no testamento de Mateus, Marcos, João, Lucas e Paulo; nas forças da natureza, na proteção de São Jorge e do meu guardião Ogum. Só não tenho fé em mim mesmo. Não consigo acreditar na pureza do coração dos homens nem na inocência original de ninguém. A gente que presta atenção de verdade nas pessoas e nas coisas aprende a viver no mundo, no nosso e no dos outros. A gente que quer aprender acaba entendendo que só tem dois lados, o direito e o esquerdo. É como dizia o meu quase homônimo Lúcio Flávio, porque eu sou Lúcio também: polícia é polícia, bandido é bandido. E estamos conversados.

Lúcio à sua luz

No começo de tudo, era eu comigo mesmo e, abaixo de mim, a outra cidade. Desde menino costumava contemplar a distância, lá do alto dos morros sombrios, a orla iluminada da cidade. Só mais tarde eu saberia que aquela que se oferecia ao desfrute de meus olhos jamais seria minha. Reparava as luzes dos postes nas calçadas, nas vidraças das casas, nas janelas da trincheira de arranha-céus que dão de frente para o mar. Via os canteiros dos jardins, avenidas arborizadas, mas a mim cabiam passarelas de cimento, viadutos de concreto e a confusão das ruas. A minha cidade, que poderia ser tão minha quanto dos outros, brilhava de longe e aguçava meu desejo.

Da primeira vez em que pisei na cidade de baixo, eu era um moleque de 11 anos, mulato, robusto, quase covarde se me chamassem para briga, marrento e perigoso se me sentisse enganado. Viajava no banco da frente do Chevette do meu padrasto, a caminho da escolinha de futebol na zona sul. O carro cruzava viadutos, vias escuras, despovoados, o longo túnel cinzento e, então, a cortina se abriu para mim. Vi o cenário de luzes, refletido como estava no espelho de água da lagoa, que naquele momento pensei ser o mar. Vi lâmpadas acesas por todos os lados, nas vidraças, nas praças, nos jardins. Pensei, eu também quero as luzes, é aqui que eu quero morar.

O que eu não sabia ainda é que a cidade de baixo quanto mais próxima mais distante, quanto mais perto mais impenetrável. Com Irene também é assim. Na primeira vez em que a vi, ruiva, branca, distante, me senti como se pisasse pela primeira vez no meu cenário iluminado. O morro encosta acima virou borrão de paisagem, que virou mancha, que virou ponto e desapareceu no ar. Lembro que desejei que ela fosse minha como desejo a cidade admirada lá do alto. Hoje sei, não terei uma nem outra. Se frequento a cama de lençóis macios, duvido que seja recebido no salão de jantar. Naquele momento não entendi o que deveria ter entendido antes. Quanto mais estou dentro delas, mais fora estarei de suas vidas. Irene e a minha cidade, ambas igualmente perto e tão impenetráveis para mim.

Duvidei também se minha cidade não seriam duas. Na de baixo, o medo de dividir por força de roubo e assalto. Na cidade de cima, a pressa para não morrer de fome. No alto dos morros, se alonga o desordenado colar de barracos, becos, ruelas, lixo, esgoto e pepitas ofuscantes. A meus pés, a outra se derrama, oferece o pescoço nu à corda esticada das encostas, a ponto de estrangular aquela que não se dá por vencida, que atiça a gula, a cobiça, a ira. Cutuca a onça com vara curta, curtinha. Através de muros e grades, eu vejo a minha cidade. Dois mundos estranhos se entreolham sem se reconhecer, diferenciados pelo modo como cada um deles pode usufruir. Quero roer até a medula a paisagem de pedra, mata e mar da minha cidade; cheirar o último respingo de maresia e do sexo de suas mulheres. Irene é todas elas em uma só.

Depois raciocinei, seriam duas as minhas cidades se nelas não vivesse gente. Gente é tudo igual quando nasce, quando morre, e do que mais se faz nossas vidas? Por isso digo, as duas cidades são uma só. Uma do lado da sombra, outra do lado da luz. Eu, Lúcio do Espírito Santo, apelidado Gambiarra, quero a luz, porque sem luz não podemos ver as cores. Cor parece com alma, a gente percebe que existe e até pensa que vê, mas na verdade é invenção de nossa cabeça, fabricada com o olho. Assim explicava o filósofo em um dos tantos livros que eu li e reli, quem era mesmo?

Concordo com a ideia dele, quando falta luz não há cor que distinga o mundo. As coisas sozinhas, por elas mesmas, não têm existência alguma. Então me diga, se não é igual a viajar de noite na estrada no ermo da escuridão com os faróis apagados? Ninguém enxerga formas, contornos, nada é azul ou é verde. Nem os rios mais limpos, nem as folhas das árvores. Também não é preto e nem cinza, é do sem cor das coisas mesmo, tudo cegueira. Dos rios, a gente pode até ouvir o barulho e pressupor a ponte, mas não vê a cor que as águas têm, se é barro, enxofre ou anil. Eu gosto de ver. As coisas, as luzes e todas as cores.

Mas examinando melhor, acho que tem coisa e tem gente que já nasce com a própria luz. Igual ao sol, que queima sua própria chama. E o sol, até criança sabe que vai brilhar enquanto houver fogo em combustão. Observando bem, tem gente que também é assim, parece que carrega uma lâmpada interna que leva acesa até a morte. Quem sabe até depois da morte. Se não, como é que uns têm claridade própria e brilham de longe em qualquer lugar em que estejam? E já outros passam pela vida apagadinhos, sem forma, sem cor, sem nada. Admiro os que brilham por conta própria, como o sol, as fogueiras, as lâmpadas e as velas.

Gosto de pensamentos rápidos. Quem entende meu senso de humor me dá munição para alimentar meu raciocínio, minhas ideias. Só gosto de mulher que ri quando entende o motivo. Eu rio toda vez que estou com Irene ao meu lado. Agora o vento mudou, virou tudo de dentro para o lado de fora. Nada que ela não pudesse prever. Irene sempre soube que não sou homem de dominar minha índole. Sabe que escorpião morre no fogo para renascer das cinzas, que avista com olhos de águia o momento da transmutação, antes mesmo que chegue a hora. A nossa chegou. Diz que vai embora com o marido. Não que me dissesse com palavras. Disse com o jeito de olhar, com o silêncio dos pensamentos. Irene não sabe, mas não há mais lugar onde se esconder de mim. Ela diz que sim, eu digo que não. Pensa que pode. Como é que pode? Pensa que consegue. Mas, como? Eu, porque não consigo, vou ter de conseguir? Irene devia saber muito antes, mais de dois anos atrás. Se eu me ocultava ao fundo da festa, era porque não queria ser descoberto. Ela então que me deixasse no canto, que não oferecesse a mim o que não se dá a ninguém. Não estivesse no bar de madrugada, não me escancarasse a vitrine de sua intimidade, sem permitir que eu ultrapassasse a parede de vidro entre a minha vida e a dela. Passarinho que come pedra sabe que vai ter dificuldade no final. Pois as coisas são assim, simplesmente como são, nunca exatamente como deveriam ser. O próprio sabe disso.

O que você tem capacidade de fazer tem capacidade também de não fazer. Quem disse foi Aristóteles e esse eu sei quem foi, faço minhas as mesmas palavras, mas escolho a capacidade de fazer. De desfazer? Irene vai voltar a ser o que sempre deveria ter sido, um pedaço de carne bem torneado, cabelos ruivos sedosos, tudo em decomposição. Voltam ao barro os ombros magros, a cintura estreita, os dois ossinhos proeminentes que anunciam seu sexo e meu gozo. Irene que não olha e me vê, me aceita, me estremece, sem que eu saiba onde posso encontrá-la. Pois quanto mais dentro dela, mais fora estou de sua vida, mais longe da minha cidade.

Quase certo que ela me ama, sabe meu gosto, meu desgosto, meu apelido, me reconhece de outro tempo atrás. Muito atrás de eu ser quem sou e de ela ser quem seria. Viemos de muito antes da madrugada naquele bar esfumaçado, do porre, do pó, do temporal. Neste momento, só resta a mistura de raiva e ciúme, orgulho e humilhação. Além disso, apenas esse calor dos infernos e o rabicho de lua no céu.

Bem-vinda

Lúcio acende outro cigarro, bochecha outra dose de vodca diretamente do gargalo, apaga outra brasa sem que se extinga o fogo. Olha o relógio de pulso, 15 para as 10 da noite. O que faço aqui? Casa que não é minha nem de parente meu, que só conheço de madrugadas e tardes clandestinas. Mulher estranha, igual a todas, a mais íntima que eu já tive. Só que um pouquinho diferente. Um pouquinho diferente de todas as outras explica tudo. Gostou de mim. Posso até não ser um homem bonito, achar homem bonito é frescura, coisa de mulher. Tantas, que nem me lembro, me disseram que tenho cara de homem, enquanto sussurravam meu cheiro de macho aos meus ouvidos.

Quando quero eu sei conversar, ser amoroso, seduzir, ser companhia divertida, espirituosa. Rapidamente viro príncipe, como eu disse, só depende da mulher. Para mim, há dois tipos de mulheres no mundo, posso estar errado, mas em minha cama foi assim. Agora escute, não acredito em amor sem sexo nem em sexo sem amor. Fazer a coisa, a gente faz, mas não é igual toda vez. Amor quando pega o sujeito na jugular circula na veia como sangue. Sem forma física, vira alma. Alma de mulher é igual à voz, por mais que se assemelhem não há duas iguais. A voz de Irene lateja nos meus ouvidos como uma parte de mim.

Como digo aos meus parceiros, só tem dois tipos de mulher, umas que se deitam com a gente como se estivessem indo à manicure, ao shopping, ao supermercado, tudo é embalagem descartável. Outras, outras não, porque essas acabam sendo uma só, que vão para nossa cama como se estivessem ouvindo música, lendo um livro, vendo um quadro, olhando uma lua no céu. Vestidas parecem fortes, independentes, poderosas. Nuas se entregam inteiras, frágeis, tão pequeninas e nos amam com o desespero de quem sabe que o momento mais intenso é o mais passageiro e pode não voltar outra vez. Parece até que nos amam, nos dão o que nunca deram para outro. Como se nunca tivessem se deitado com homens, se descobrem por elas mesmas e oferecem o fruto adocicado de sua intimidade.

Irene não fingiu nem eu precisei fingir que não era príncipe, mas um sapo que vira príncipe. Nem que eu quisesse seria de outro jeito. Foi ela quem me escolheu, me escancarou as portas de seu desejo e de sua casa toda vez em que eu quis me chegar. Amante, não mais. Onde está escrito que seria sempre assim, mesmo antes de constar nos documentos: Lúcio do Espírito Santo, natural de Duque de Caxias, sangue A positivo, cor parda, desempregado? Agora tudo está claro. Não há mais nada a fazer a não ser o que vou fazer. Se a vida não passasse de um filme e se eu pudesse escrever este roteiro, ele teria outro fim. Ou se eu pudesse de outra forma, escreveria um livro, cometeria o crime, colocava um ponto final.

A minha princesa ruiva me tiraniza com sua vontade e faz meu amor parecer uma prisão. Passarinho que saltita na gaiola desaprende de voar. Na verdade, somos dois prisioneiros em uma mesma cela, quando se submete a mim, me endurece o sexo na hora que bem entende, amolece meu coração mesmo quando sorri sem pensar. E em todas as vezes que a vi, só desta última ela não sorriu. Sendo assim, hoje não quero ir embora com o coração escapulindo pela boca. Vou esperar para ver, para não ter de esperar pelo resto da vida. Já esperei de outras vezes ela voltar de Paris, Londres, Lisboa, Veneza, Nova York.

Já esperei voltar de Praga, Budapeste, Tóquio, Alemanha, Sri Lanka, Martinica, Cochinchina, dos quintos dos infernos, todas as vezes que o marido pede sua presença. Agora de novo, não; não desta vez. Que é isso? Lúcio apaga as luzes, bate a porta que eu telefono pro seu celular? Diz que me quer, e eu sei que quer. Mas isso é querer? Se me ama, me ama sim. Só não sei para que serve seu amor. Como pode? Vai embora em outra viagem para outro lugar que eu não conheço nem acho que vá conhecer. O que faço aqui até agora? Mesmo depois que ela saiu apressada, pedindo que eu fosse embora, que batesse a porta ao sair, prometendo telefonar qualquer dia desses. O que faço aqui até agora? Por quê? Porque Irene respira o meu hálito, cheira meu suor, chora no meu peito, fala em meu ouvido, Lúcio luz dos meus olhos, relâmpago na escuridão. Porque há pouco na cama me olhou como se fosse para sempre. Porque teve de sair correndo outra vez por minha causa. Porque pediu que eu aguardasse seu telefonema, que batesse o portão ao sair. Sempre foi assim, como se fosse eu o dono da casa, onde não entra gente igual a mim.

Todo encontro termina igual. Hoje, não. Diz que me ama e acredito. Só não sei o que viu em mim que eu mesmo não vejo. Hoje não posso ir embora, Irene. Mesmo se quisesse não poderia. E eu não quero. Não quero que esse tal esteja voltando, e sei que ele sempre vai voltar. É a mulher dele a minha mulher. Outra longa viagem, isso também já é outra história. Não, hoje não. Cadê minha autonomia? Eu só dependo de mim para viver até se você não existisse ou se não existir mais. Se perdi a autonomia, recupero. É mais ou menos o que estou pensando. Palavras da Bíblia, sábias. Eis-me aqui, envia-me a mim, assim como está em Isaías, capítulo seis, versículo oito, está revirando em minha mente, dominando meu raciocínio e tomando conta de meu juízo. Nosso tempo chegou ao fim.

Lúcio quer encontrar um ponto de luz na sala do casarão de Irene. Esbarra na poltrona, tropeça na ponta do tapete, derruba um vaso de vidro sobre a papeleira antiga, até chegar ao interruptor da luminária e avistar o bar. Outra vodca para pensar, cristalina, clareia as ideias turvas; outra fileira para criar coragem. E daqui a pouco o acontecimento.

Em minha vida, tudo parece que está para acontecer daqui a pouco. Já, já. Meia hora para ela ir até o Galeão, meia hora de atraso do voo, 20 minutos para passar pela alfândega, meia hora para voltar, mais 15 minutos para pegar as bagagens, outros 10 para retirar as malas na garagem e subir. Quanto tempo ainda tenho para confirmar a decisão? Duas horas e 25 minutos. É suficiente para acertar o plano, nenhuma decisão de homem, seja ela de vida ou de morte, precisa de mais tempo que o necessário para se apagar um cigarro.

Lúcio vai até a janela. Vê as luzes do quinto andar, as únicas que estão acesas no prédio à sua frente. Observa as paredes brancas, cortinas brancas, escada para outro andar. Uma sala tão vazia que nem parece ter vida humana ali. Silêncio. Lodaçal, o mundo das criaturas sozinhas que se sentem solitárias. A vida sem Irene pode até ser assim. Ou não, será?

Na sala de estar, na estante sobre a bancada de madeira do computador duas taças de cristal esperam a comemoração. Ao lado, um passaporte em dia e uma fotografia de Irene, braços entrelaçados no pescoço do marido. O que ela ainda não sabe é que a vida de alguém dura enquanto a vontade de outro quiser. Lúcio olha o computador ligado. Vamos ver onde fica essa tal de Sri Lanka. Ou quem sabe esbarro em alguma alma santa, algum espírito iluminado, um padre, uma irmã de caridade, um caboclo que me tire essa ideia de doido da cabeça? Tá pirando, escorpião? Mas quem é capaz de tirar alguma ideia da cabeça de Lúcio? Nem ele. Na tela, giram janelas, move o mouse e entra na sala, Encontros Ocasionais.

Mas deixo tudo e me chama

21h45: Observadora entra na sala: Oi, passantes, boa-noite a todos! Alguém do Rio de Janeiro?
Observadora sorri para todos: Alô, tem alguém nesta sala?
Regente Plutão entra na sala. Silêncio.
Observadora fala reservadamente para Regente Plutão: Oi, Regente Plutão, na tocaia?
Regente Plutão responde para Observadora: Sempre atento.
Observadora: Sozinho?
Regente Plutão: Nunca fico sozinho, estou sempre por perto de mim.
Observadora: Somos dois, então.
Regente Plutão : Tem outro jeito?
Observadora: Tem, se a pessoa quiser.
Regente Plutão : Quer dizer que acredita em escolha, minha querida?
Observadora: Querida?
Regente Plutão: Querida, sim, pois toda mulher sozinha na noite está a perigo e quem está a perigo não tem escolha.

Observadora: Que nada, nem a perigo nem sem escolha, estou em paz.
Regente Plutão: Paz, você falou de paz? E onde é que se compra essa mercadoria?
Observadora: Cada um sabe onde encontrar a sua, a minha vive comigo.
Regente Plutão: Esperta, tem certeza de que é paz o que eu estou procurando?
Observadora: Com este apelido não deve ser mesmo não. Onde você está agora?
Regente Plutão: Por aí, como sempre. E você?
Observadora: Estou na minha casa, esperando o ano-novo. E você, o que faz a esta hora por aqui, ou melhor, por aí?
Regente Plutão: Matando o tempo, antes que o tempo me mate.
Observadora: Está no Rio?
Regente Plutão: Digamos que por ora...
Observadora: Pelo jeito que fala anda de mal com a vida.
Regente Plutão: Que nada! É coisa de momento, estou vivo, estou respirando.
Observadora: Mas com esse apelido, amigo?
Regente Plutão: É só um apelido para combinar com as circunstâncias atuais.
Observadora: Más intenções... Numa noite dessas? Alguma presa à vista?
Regente Plutão: Aquela de quem depender a minha sobrevivência.
Observadora: Pensamento profundo, faz sentido.
Regente Plutão: E você, por que esse apelido?

Observadora: Pelos mesmos motivos que os seus, para combinar com as circunstâncias atuais.
21h58min15s.
Observadora: Sumiu, Regente Plutão? Cadê você, desistiu? Se ainda estiver por aí, espera por mim aí que eu volto já, já.

A sombra da fumaça

Violante desce até a sala atrás de cigarros esquecidos pela casa. Ela só fumava quando se sentia agitada, quando pressentia que alguma coisa estava por vir e, ainda que controlasse sua vida, o que se anunciava não poderia evitar. Encontra um maço pela metade. Seria hora de começar? Vai à cozinha. Abre o freezer, o ar quente da noite abafada embaça o vidro das garrafas de champanhe que colocara para gelar. Estão no ponto, perfeitas. Escolhe uma das três, tira o papel laminado, rompe o lacre, a rolha estoura na rua calada.

Violante acende, enfim, o primeiro cigarro da semana. No caminho de volta à janela, traz a taça na mão direita. Com a mão esquerda, leva o cigarro aos lábios, dá uma tragada profunda, quase um suspiro. Joga a fumaça em direção ao céu, uma espiral que, por um instante, paira sobre a rua vazia e silenciosa. Outra moto desaparece na esquina. Traga outra vez forte, a nicotina corre no sangue, meio zonza ela olha a fachada do casarão. O homem bonitão, andando pela sala, parece sozinho, e também traz um copo de bebida na mão. Violante sobe a escada. Olha o caco de lua azulado como se fosse um olho cego no céu. Olha o novelo de nuvem sobre as montanhas como se fosse catedral.

Não se esqueça, por favor

22h15.
Violante volta ao computador. Lê as mensagens que rolam automáticas na tela. Ele, Regente Plutão, continua lá.
Observadora sorri: Que bom te reencontrar por aqui.
Regente Plutão: Com o copo cheio de vodca, servida?
Observadora: Prefiro champanhe, bebida de mulher.
Regente Plutão: De mulher fina, isso sim. Qual sua idade?
Observadora: Idade Média, brincadeira, sou uma mulher de meia-idade, 48, mas faço por menos.
Regente Plutão: Eu compro.
Observadora: Sério, onde você está agora?
Regente Plutão: Na frente de uma máquina, conversando com Observadora e esperando a hora chegar.
Observadora: A hora da festa? Vai comemorar?
Regente Plutão: A hora da festa eu só comemoro depois.
Observadora: Será que entendi?
Regente Plutão: Não é para entender.

Observadora: Mas você não disse em que bairro está, no Rio?
Regente Plutão: Que diferença faz? Não estou aqui agora? Talvez esteja por perto, quem vai saber?

Escorpião na brasa

Lúcio ronda a janela, agonia de escorpião no cerco de fogo. Ele conhece a aflição, a mesma dos artrópodes enlouquecidos pelo calor da brasa, se debatendo indefesos. Era esse o destino dos escorpiões quando ele e os irmãos descobriam algum deles no monte de tijolos, paus e pedras da laje. Destino covarde o do bicho bravo, virar presa da perversidade infantil, cercado de carvão em brasa. Braseiro. Que sufoco é esse, malandro? A que ponto pode chegar um homem? É nisso que dá ter de viver bancando o controlado, fingindo ser o que não é, jaqueira dando rosa, sapo virando príncipe, fraco escondendo o medo, fazendo cara de macho o tempo todo. Canseira de não poder ser quem sou. Mas disso só eu preciso saber. Irene percebeu minha fraqueza, foi a única. Vai receber a conta agora, punição. Ainda cheirando ao meu suor, agora roda pelo aeroporto, esperando outro homem. E eu aqui esperando a minha mulher.

Queria mesmo era não ter de castigar. Estar colado com ela o tempo todo e nesta noite de lua minguante, preta como o temporal que virá depois, velo por nossos sonhos. Só, sozinho querendo adormecer pesado de nem ouvir os trovões. Dormir sabendo que tem chuva e relâmpago caindo do céu, encharcando a terra, criando lama e lodaçal, lavando a minha alma. A mão dela agarrada sem querer largar da minha.

Que lama! Eu aqui e os parceiros preparando o churrasco no quiosque de um camarada no Recreio dos Bandeirantes. Se der tempo, ainda chego lá. Agora é o pior dessas horas, a vez de esperar. Passa tempo, passatempo, porque o que já está decidido é caminho andado para a solução. Não tem mais o que considerar, arrependimento é igual a ladrão, os dois são feitos de oportunidade. Se der brecha, pensamento entra, rouba a vontade, enfraquece a decisão. Não é hora. O avião daqui a pouco está pousando.

Estou bêbado, doidão, sou maluco. Fico falando coisas minhas para mim mesmo e nada sei. Pensamentos que produzem outros que se reproduzem na velocidade das ninhadas de ratos. Como é que pode? Um homem atravessa o oceano para buscar sua mulher que está com outro homem que sabe que está com a mulher desse tal. O outro não sabe, mas se sabe ou não, pior para ele, pior para mim, para ela, para nós três. Que mundo de confusão. Pra quê? Giramos todinhos grudados como filhotes de escorpião quando rompem a membrana e se colam com gosma e tudo no abdômen da mãe. Nós também, igualzinho, grudamos na calota, fininha casca de laranja, desta pelota viajante que roda e roda no clarão e na sombra, de tarde, de madrugada e de manhã. Até um dia, se é que ainda vai rodar pelos tempos nesse espaço de escuridão, sem tamanho, sozinha, pequenina.

Quem vai segurar nossa mão? Quando vier o asteroide, nem teoria da relatividade, nem lei da gravidade, nem Einstein, nem Newton, nem pensamento, nem nome, nem alma vai segurar. Acho que será só o estrondo de onda na praia na hora do ciclone, um zumbido de furacão arrebentando os ouvidos quando a gente vai desmaiar. Esbarrão de corpos celestes deve ser mesmo um impacto que dizima qualquer Regente Plutão, Tiranossaurus Rex, Megalosaurus, Eustreptospondylus e escorpião. E aí, sim, vamos zunir pelo vazio sem pai nem mãe. Um redemoinho só e já estamos fora do campo de gravidade do Sol. Vai tudo rodopiar, pirar, sem casa, sem cozinha, sem cama, sem roupa, uma disparada para o além de tudo. Depois, quem sabe, e é o que dizem os cientistas, a Terra vai ficar mansinha, sem arrogância nem pretensão, nem órbita, até acabar na aba de um planeta bem mais escuro ou menor. Na aba de Urano, Plutão, nosso mundo, bichos, homens, plantas, águas, passarinhos, borboletas, gaviões, tudo vai girar até o fim, satélite insignificante para lá dos confins de onde estamos ou pensamos estar.

É uma ideia que guardo comigo, mas que muito bem pode acontecer. Mas também não tem importância porque daqui a cinquenta anos nada disso fará diferença para todos nós que estivemos e ainda estamos por aqui. Mas xô, saravá, deixa pra lá, a hora já vai chegando e, enquanto eu estiver vivo, o que quero mesmo é viver. Agora preciso distrair meu pensamento e a tal que se chama de Observadora deve estar me esperando na sala de bate-papo. Mais vodca, mais cigarro aceso na brasa de outro cigarro.

Lúcio olha a janela, uma mulher sobe as escadas do apartamento em frente, no quinto andar. Como é que um mulherão daquele sobe a escada só com uma taça na mão. Devia ser duas. Será abstêmio o outro? Ou será que não tem nem outro, é ela com ela sozinha? E, além do mais, por que será que toda mulher tem mania de champanhe?

Jogando as cartas contigo

Regente Plutão entra na sala.
Observadora: Oi, de volta? Eu estava aqui pensando...
Regente Plutão: Pensando em quê, minha flor? Na morte da bezerra?
Observadora: Não, na solidão dos números primos.
Regente Plutão: Quanta cultura, moça! No livro ou na matemática?
Observadora: Nem em um, nem em outro, estava pensando em nós dois aqui.
Regente Plutão: E daí?
Observadora: Decifra.
Regente Plutão: Essa é fácil, está falando que você e eu só podemos ser divididos por um ou por nós mesmos, certo? Solidão.
Observadora: Acertou. Por que escolhemos a solidão?
Regente Plutão: Não pergunto o porquê de nada. Causa e motivo são coisas passadas, já aconteceram antes da

pergunta. Vai mudar o quê? O que importa é o objetivo, a finalidade. Pergunta só tem sentido se a resposta vier no futuro.

Observadora: E a resposta é: não tem saída.

Regente Plutão: Para tudo existe saída. A única coisa impossível nesta vida é ressuscitar alguém. Mesmo quem ainda vai morrer.

Observadora: Cruzes, filósofo! Dá um tempo. Champanhe.

Regente Plutão: Claro, vodca.

Onde estou?

Violante desce as escadas atrás de outra taça de champanhe. De relance vê uma luz no casarão. Ih, o outro, o bonitão, continua lá? Saiu da sombra, chegou perto da luminária. Como pode um homem desses bebendo sozinho na noite de ano-novo? Olha quem fala, Violante, o maltrapilho apontando o dedo para o esfarrapado? Fala consigo mesma enquanto volta à geladeira. A cabeça agora flutua como as bolhas na taça novamente cheia.

Que ser mais estranho! Que conversa envolvente! Como é que não encontro um homem desses na fila do cinema? Por um homem assim posso até mudar de ideia. Por um motivo desses, sou capaz de abraçar uma ramada de palmas-de-santa-rita, enfiar os saltos italianos na areia suja de Copacabana, enfrentar o engarrafamento, ir a uma festa em Angra, comemorar numa suíte de luxo. Quem sabe muito mais? Tem alguma coisa nele que me desafia e me atrai.

Pode ser também o efeito do champanhe, que sobe rápido. Mas que o moço é inteligente, espirituoso, misterioso, sedutor, não há dúvida. Do jeito que eu gosto. E olhe que é raro eu gostar. Será moreno, louro? Vai ver que nem é um homem, pode ser uma mulher ou nem existir na vida real. Mas se existir... e se estiver falando sério? Se esse homem for de verdade, alguém pode estar correndo perigo. E isso eu não tenho como saber.

Violante abre a terceira garrafa e decide subir de vez com o balde de gelo, que respinga água nos degraus. Antes de voltar ao computador, ela vai até a varanda olha em direção ao matagal, um bicho rasteja rápido e se esconde sob as folhas. Répteis me dão agonia, como tudo o que rasteja no chão. Procura a estátua do Cristo a sua direita, mas o que vê é o espectro do fantasma que os holofotes revelam por trás das nuvens. Num canto qualquer de sua mente, alguma coisa que ainda se mantém sóbria continua sinalizando. Fora do lugar, fora do lugar. Cadê o centro? Não há centro no espaço, só o caco de lua no céu que parece ter força suficiente para erguer as ondas até que o oceano pareça um mar suspenso na vastidão.

Allegro, mas nem tanto

22h29.

Observadora entra na sala: Voltei, está por aí ainda?

Regente Plutão: Esperando.

Observadora: Vai de champanhe ou continua na vodca?

Regente Plutão: Vodca, uísque, rum, gim, absinto, cachaça, cicuta, morfina. Hoje, o que vier eu bebo.

Observadora: Precisando de ajuda?

Regente Plutão: Ajuda, não, só de calma e coragem. Com o resto eu me entendo depois.

Observadora: Alguma culpa?

Observadora insiste: Não respondeu à minha pergunta...

Regente Plutão: Aquele que se arrepende é quase inocente, satisfeita?

Observadora: Citando Sêneca, Regente Plutão... O que você faz sabendo que vai se arrepender depois?

Regente Plutão: Fazer ainda não fiz. Esse é o problema, a pior parte... E você, continua na lanterna dos afogados?

Observadora: Quem disse que estou desesperada? Só desanimada esta noite, sem paciência para multidões, sem vontade de festas. E enquanto o lobo não vem, fico por aqui.
Regente Plutão: E você acredita em letra de música? Na vida real, quando o lobo aparece não dá tempo de correr.
Observadora: Acho que o lobo já apareceu e por acaso está teclando comigo.
Regente Plutão: Lobo, eu? Sou manso como o cordeirinho de Deus...
Observadora: Só falta me dizer que, além de manso, também tira os pecados do mundo.
Regente Plutão: Se for preciso tiro, sem compaixão.
Observadora: Para mim, todo pecado é humano e tudo que é humano merece compaixão.
Regente Plutão: Quem diz isso é bombeiro, como é que dizem mesmo? Nada do que é humano nos é indiferente... está certo?
Observadora: Está certo e eu também penso assim. Sabe de uma coisa?
Regente Plutão: Fala...
Observadora: Vou confessar para você, também faço minhas tocaias, mas só de curiosidade...
Regente Plutão: Curiosidade por?
Observadora: Por tudo que é humano, até pelo pecado alheio...
Regente Plutão: Continua, estou ouvindo, quer dizer, lendo...
Observadora: Sabia que passo horas na janela acompanhando a vida dos outros? Parece filme. Janela indiscreta.

Tango

Na garrafa de vodca, mais duas ou três doses. Vai acabar. Mais um cigarro. Isso é coisa de filme ou da minha imaginação mesmo? Sou duro na queda, na caipirinha e no chope. Vodca não está nos meus hábitos e hoje virei mais do que o normal. Sou louco, maluco, doidão, isso eu sei. Mas, além de tudo, estou quase bêbado e cheirado, coisa que também não está nos meus hábitos. Eu vendo e quem vende não consome a própria mercadoria. Mas hoje estou confuso. Vivo confuso. Não gosto de estar sempre em confusão. Na vida, o que fosse certo devia ser o certo na prática. Do que fosse errado, a gente tinha de passar de longe, dar um aceno, seguir em frente. Queria a vida sem turbulência. Tudo conforme o normal. Na retidão do caráter. É como devia ser. Devia, só que não é. Para mim, nunca pôde ser assim. Faço o que não quero, quero o que não posso. Faço. Eu, Lúcio do Espírito Santo, vivo num mundo em que não posso entrar.

Benedictus, Irene. Bem-vinda você à minha vida. Veio para me ensinar o quanto um homem é pequeno quando enfrenta seu desejo. O meu desejo é monumental, e tão fraco o meu poder para ultrapassar esta porta; um menino que admira a cidade iluminada, onde nunca irá entrar. Sempre estive a esta porta. Bati. Se Irene tivesse ouvido a minha voz e me abrisse a porta, eu entraria em sua casa verdadeira, e com ela eu cearia e ela cearia comigo também, está escrito no Evangelho. Irene: a cidade que não é minha, o mundo onde eu não posso entrar. Confusão na certa.

Estou bêbado. Acorda, Lúcio, se afirma, irmão! Olha a mulher da taça sozinha subindo de novo a escada. A mesma que está falando comigo na sala de bate-papo? Já trabalhei com internet. Já usei a rede para tanta coisa, navegar pelo mundo, ver cidades que não conheço, baixar música, ver vídeo, copiar citação de livro, mandar e-mail, trocar ideia, localizar pessoas, vender drogas, e até conversar já conversei com tanta estranha perdida nas madrugadas virtuais. Mas justo hoje? Não é possível. Impossível, dois conhecidos teclando e os mesmos se vendo pela janela, diz, isso acontece? Não, só se for no cinema. Ou será que tudo pode acontecer entre o céu e a terra? Ausência de evidência não é evidência de ausência, quem disse foi Carl Sagan que buscava outras vidas nas estrelas. Se há vida inteligente espreitando daquela janela... então, eu vou confirmar.

Janela indiscreta

Regente Plutão: Voltei, agora entendi o apelido, observadora quer dizer aquela que observa... os outros?

Observadora: Acertou.

Regente Plutão: Pois eu prefiro viver.

Observadora: Viver pode ser cansativo. Preciso de pausa para descansar da minha vida, viver a dos outros.

Regente Plutão: E isso pode?

Observadora: Posso. Agora mesmo, estou acompanhando uma cena pela vidraça toda vez que desço a escada para mais uma taça.

Regente Plutão: Uma cena de cinema?

Observadora: Sim, um moreno bonitão bebendo sozinho na sala de um casarão vazio numa noite como esta.

Regente Plutão: O que tem de mais? Você também não está bebendo sozinha?

Observadora: Não, estou bebendo com você... Estranha cena, ele parece desesperado.

Regente Plutão: O moreno do casarão? Deixa para lá, fala mais de você.
Observadora: Quer saber de mim?
Regente Plutão: Tudo, nome, endereço, cabelo, roupa.
Observadora: Quer o manual de instruções, então pergunta.
Regente Plutão: Casada?
Observadora: Não neste momento.
Regente Plutão: Mais uma na roda da solidão.
Observadora: Você também?
Regente Plutão: Eu e o resto do mundo.
Observadora: Amar não é para quem quer, mas para quem pode.
Regente Plutão: Amar não é suficiente.
Observadora: Li essa frase em algum lugar, onde mesmo?

Eu também tenho algo a dizer

Violante sobe a escada cantarolando. De volta ao computador, retorna à sala de bate-papo, Encontros Ocasionais. Espera por Regente Plutão. Está a cinco ou seis taças acima do nível, depois de tantas garrafas abertas. O que não fazem milhares de bolhinhas de ar, de uvas pisoteadas? O que não faz um caco de lua minguante no céu? O que faz uma mulher e seu mundo ordenado quando tudo parece estar fora de seu lugar?

Nada, Violante, nada. Um dia no final é mais um dia. Um entre os 25.652 que a expectativa de vida atribui a uma mulher brasileira. Quantos deles você já desperdiçou ou guardou para viver mais tarde, como o doce recusado, o bolo que não comeu? O champanhe que não bebeu, o cigarro que não fumou, o lugar onde nunca esteve, o homem que não encontrou? Não sorriu, não olhou para estranhos que cruzaram seu caminho e olharam para você e lhe sorriram. Por que tem de ser assim, Violante? Conta para você mesma. Faz os cálculos, faz as contas.

Vale a pena? Depois, amanhã? O passado não há mais como reter. O futuro é só aquilo que vive ensaiando viver. A vida é isso, o piscar do olho, o espirro, a tosse e um suspiro no fim. Tão plena, tão apropriada para nós, tão bonita, tão finita.

Violante quer e quer agora. *Libertas quae sera tamen.* Inconfidência e aventura: a festa pode começar. Uma noite a ser vivida acordada, mais uma. Tropeça na almofada, a taça de cristal se espatifa no piso de mármore. Quebrei? Não, quebrou sozinha. Espelho e taça de cristal dizem que não se emenda mais. Canta: Estrelas mudam de lugar, chegam mais perto só pra ver e ainda brilham na manhã, antes do dia amanhecer. Roberto Carlos na veia, trilha perfeita. Um pilequinho desses deve ter música de bar. Dor de cotovelo, não sei de quê! Mas acaba escolhendo um disco de canções americanas e se não fosse a voz de Frank Sinatra sequer lembraria o nome do cantor: *Fly me to the moon, in other words, baby kiss me...*

Quero ouvir a sua voz

Observadora: Voltei. Fui trocar o CD.
Regente Plutão: Qual?
Observadora: Eu te amo.
Regente Plutão: Quem?
Observadora: Roberto Carlos, bicho!
Regente Plutão: A próxima pergunta.
Observadora: Faça.
Regente Plutão: Onde mora?
Observadora: No Rio de Janeiro, pertinho da Lagoa. E você?
Regente Plutão: Pertinho da Lagoa? Classe dominante, casa, prédio?
Observadora: Prédio antigo de frente para um casarão misterioso, hoje está tudo vazio, escuro, quieto. Moro no quinto andar.
Regente Plutão: Além de observadora, você é...?
Observadora: Normal, morena e, agora, vestida para a festa.

Regente Plutão: Vestida para festa?
Observadora: É, saia preta, camiseta marfim, bico fino, salto alto. Mas espera aí, vou descer para pegar mais champanhe.
Regente Plutão: E o moreno bonitão?
Observadora: Conto na volta, vou olhar da vidraça.
Silêncio. Regente Plutão sai da sala, Lúcio chega à janela.

Ai, milonga de amor

22h40. Penumbra no casarão de Irene. Copo vazio, corpo cansado, alma oprimida, confusão, lodaçal, *dshun*. Gosto dessa palavra do I Ching para designar a dificuldade do começo, quando se encontram pela primeira vez o céu e a terra, o luminoso e o sombrio, o caos, o abissal. Nesse caso não tem veia de ida, artéria de volta para oxigenar o sangue, tirar a sujeira da pele, purificar a alma, é tudo misturado. Prazer com ódio; paixão com desprezo; posse com desvario; amor com desespero; dor com prazer, pode, sim, ser uma rima perfeita.

Noite da virada. Eu aqui esperando o estouro dos fogos, a mulher, o barulho. Decidido a ignorar ideias contrárias ao meu plano, falando na internet com uma que se diz observadora, e me deixa de orelha em pé. Está tudo muito esquisito. Serão as duas a mesma mulher? Aquela com quem eu falo é a mesma que me vê da janela? Elas podem estar logo ali do lado de lá. Mas só confirmando. Mais umas duas ou três vodcas e os dois chegam. Vivi muito em perigo, mas só descobri o que é perigo mesmo quando colei com essa saia e meu tesão ganhou a cara, o cheiro e a voz de uma mulher exata. A mulher errada, Irene. A voz dela, o sorriso dela, o resto eu aguento viver sem. Desejo quando colide com desejo ou explode ou vira felicidade. Nesse nosso caso, entre Irene e eu, tudo aconteceu pelo avesso.

Quando chegar o vazio, o ignoto, o irredutível, Irene permanecerá. Sentirei sua presença infinita, presa inteira na minha garganta, a ponto de me sufocar. Embora perdida a batalha, pois nem a mim nem a ela eu me fiz entender, Irene é parte de todos os tempos, como o oxigênio do ar.

Alegríssimo

22h43. Regente Plutão entra na sala.
Observadora: Voltei, não disse que ia voltar?
Regente Plutão: Disse...
Observadora: Algum problema?
Regente Plutão: Nenhum. Todos.
Observadora: Comigo?
Regente Plutão: Não, princesa. Plutão sempre está no inferno.
Observadora: E não sabe o caminho de volta ao paraíso...
Regente Plutão: Quem disse que paraíso existe?
Observadora: Nem inferno, nem paraíso, só a vida.
Regente Plutão: Decidiu?
Observadora: Decidi.
Regente Plutão: Vai sair?
Observadora: Não, vou ficar.
Regente Plutão: E depois?
Observadora: Desço a escada, olho a rua, apago as luzes, não me lembro nem me esqueço, adormeço.

Regente Plutão: Essa música eu conheço bem... os galos nos dentes do dia, cada desejo é um açoite... Sueli Costa e Abel Silva, "Vento do Nordeste", acertei? Mas você falou em escada?
Observadora: A escada da minha sala para o andar de cima.
Observadora: Cadê você? Desistiu, Regente Plutão?

Sinto medo

Eu predador, Regente Plutão, signo escorpião, elemento água, falo em nome de Aeetpio, senhor do fogo, o nono ancião a se prostrar ao chão no Juízo Final. Mas, por acaso eu tenho voz, sou regente de quê? O que eu tenho é só medo de estar errado. E mesmo que esteja certo no raciocínio, sinto medo de errar o gesto. De que adianta, se agora sei que não tenho tempo de desistir? Minha cabeça foi muito longe, não volta atrás. Sempre fui abusado. Mas desta vez vou abusar mais ainda. Comigo, com ela, Irene. A única que me deu o desejo com a mesma entrega que me deu o colo. Se me olhou, me viu pequenino, menino rechonchudo, quase negro, humilhado na escola, na rua, durante minha vida inteira. Se me viu, me enxergou por trás da pose de macho viril. Entendeu o que quero, o que todos querem, a luz. Sou Lúcio, sou louco mesmo. Nem acaso, nem destino podem explicar.

Mas também como é que dá para acreditar? Eu aqui premeditando e uma que se chama de Observadora, que podia ter esbarrado em qualquer um, intelectual, poeta, deputado, empresário, corrupto, vem, atravessa meu caminho, quase me cativa, e por pouco não me seduz. Essa é que devia estar na Cochinchina, no raio que me parta, mas está logo ali, do lado de lá da rua, tem mania de gente solitária que fica vigiando a vida dos outros da janela. Piada, e piada sem graça numa hora dessas.

Não vou perder a calma. Sempre tive coração quente e cabeça fria. Posso alterar os planos. Mudança? Não, mudar, não mudo. É só acrescentar alguns detalhes. Sofisticar a estratégia, a tática, seja lá o que for. Cabeça fria, Gambiarra, olha a bola no pé do artilheiro, acerta o passe, vira o jogo, que a partida não terminou. Levanta a cabeça. Depois corre para o abraço. O último. Mas ainda assim sinto medo do remorso que posso ter; de ficar ouvindo a voz dela pelo resto de minha vida e de não conseguir esquecer. E isso como é que vou saber? Nunca matei alguém a quem amasse. Tenho medo de ser pecado na lei divina.

E depois de tudo me arrependo e prometo banhar seus pés em lágrimas verdadeiras, perdoar seus pecados, me esforçar para entender de que distância chegou sua alma à minha vida, talvez à deriva do inferno, talvez extraviada do éden. Vou resguardar seus pesadelos, descolorir suas cores soturnas, tingir de amarelo amanhecer o que antes era noite e solidão. E às suas costas geladas, feito um anjo da guarda ao contrário, vou desproteger Irene de tudo, de carne, de pele, de aparência, para iluminar, afinal, aquilo que em vida tanto me custa saber: o que existe de Irene em verdade, o que de mim ela veio a existir? Mas Irene estará dormindo, apenas, e tão profundamente.

SEGUNDA PARTE

Irene e Enon: O corte

Eu me lembro

21h50, Aeroporto Internacional do Rio de Janeiro. Atenção, senhores passageiros com destino a Madri, por favor, dirijam-se ao portão de embarque.

Irene ruiva, dois quilos acima do peso, olhos vagos de Manet, tropeça sobre o salto fino, esbarra no passageiro, fere o tornozelo no impacto com um carrinho de bagagem. Merda, merda. Odeio aeroportos, odeio cabelos cortados em pontas, odeio salto alto, odeio sapato de bico fino. Odeio com todos os meus ossos essa falta de coragem que sempre me faz correr de aeroporto em aeroporto, tropeçando em meus próprios passos, para esperar um marido com quem não quero estar agora. Merda, estou sempre me ferindo. Outra vez, a ferida. Sempre esta corrente no meu pé, este nó apertado no pescoço, que me obriga a arrastar o peso morto das lembranças. Baús entupidos de objetos desalmados, tanta boneca de cera, ursos de pelúcia mumificados, esqueletos de olhos brilhantes, que nem abro nem jogo fora. Vêm de tão longa memória que já nada cheira a amaciante, tampouco ao sangue agridoce grudando a camisola aos seios da minha mãe e ao pijama da menina incapaz de distinguir tragédia real de pesadelo.

Se eu ainda fosse a criança, se a menina não tivesse morrido instantaneamente dentro de mim, eu poderia lembrar agora o sol de uma tarde qualquer, uma tarde de sol de Van Gogh, adormecida por trás das cortinas com bordados de borboletas. A menina haveria de ser tão pequena e caber numa palma da mão, dormiria o sono manso de um pastorzinho de ovelhas, sem saber que além da cerca e do pasto crianças sonham em um mundo aos sobressaltos, fora de prumo. Agora, onde tudo antes fora presença, resta o vão. Nada mais habita este lugar, além de assombro e fantasma. Nem mãe, nem pai, nem lar, somente desaparecimento por morte, distância, ausência eterna.

A voz no serviço de alto-falantes neste momento parece gritar, agita os que lotam o aeroporto àquela hora: Atenção, senhores passageiros com destino a Madri, última chamada. Por favor, dirijam-se ao portão de embarque. Só então Irene se dá conta novamente do motivo que a levara até ali, e de que ela não está de partida. Tropeça outra vez nos saltos finos, o cabelo, de novo o cabelo cortado em ponta, atrapalha sua visão. Dentro de algum tempo que o relógio pode medir, sem que se possa congelar, ela voltará a ser o que não consegue evitar, uma mulher casada reencontrando o marido. Mas ela trocaria tudo isso, mais uma vida inteira, uma aqui e outra que ninguém sabe se existirá do lado de lá, se pudesse negociar o presente acertado por um futuro incerto como são todos os futuros. Assim, quem sabe, tivesse breve instante de quietude para caminhar pelos calçadões da praia, entre as criaturas da noite: prostitutas, turistas, mendigos, vampiros. Quem sabe dali avistasse a face oculta da lua, no instante exato em que ressurgisse azulada, entre as nuvens que a impediam de brilhar do céu ao chão?

Irene e seu desespero de vaguear pela vida como aquele rabisco de lua no céu, que a acompanhara entre nuvens durante todo o trajeto de casa onde deixara Lúcio, até o aeroporto onde encontraria Enon. Em sua vida, sempre o desespero, as suas fases de lua. Uma fase de esperança e luminosidade, uma fase de depressão e trevas. E ao seu lado, na lua cheia, na penumbra ou na escuridão absoluta, há muito tempo se pusera, e seguramente estaria, em qualquer futuro que houvesse, o peso de sua balança, o prumo de seu relógio: Enon. Desde o primeiro momento, ela soube que seria assim. Enon, que ela conhecera sem histórias de bravatas e derrotas, hoje é quem segura o fio invisível que fixa sua vida à linha do horizonte, quando Irene caminha para o precipício. São dele as mãos que dão lastro aos mergulhos de cabeça no ar e que puxam a corda para que ela possa voltar ao chão.

No saguão do aeroporto, alguém prende a porta automática com a bagagem, uma lufada de ar quente escapa pelo vão e aromatiza o ar refrigerado com o cheiro das primeiras gotas do temporal. Irene se inclina, a cabeleira ruiva cai sobre a testa e esconde os olhos que nada revelam por trás do verde de águas profundas. Irene está prostrada na cadeira da área de desembarque. Estende as pernas sobre o carrinho de bagagens ainda vazio. Examina o tornozelo, o sangue minando na pele branca como acontece ao peixe de camadas abissais caçado a arpão. Nunca vai cicatrizar. Sou feita daquilo que trago comigo, sou o que carrego por dentro, arranhões. Se todos esqueceram, eu não esqueço.

Enon cuida de Irene como de uma pintura preciosa que não sabe cuidar de si. É a viga que suporta o peso do telhado, o tijolo que assenta o piso onde caminho. Não tem desejo nem expectativa, e assim me tem. Não quer meu corpo, mas vigia minha alma. Sou sua, é meu companheiro. Transita em outra esfera, paralela à minha vida, acima de amores barrocos que estremecem a carne e tumultuam a alma. Me quer como ornamento de sua existência. Eu o aceito, ele me aceita na saúde e na doença de minha mente instável, na euforia e na depressão até que a morte nos perdoe.

Não prometi ser fiel, sou leal. Assim nos acompanharemos anos afora. A vida encaixa os seres como figuras de um quebra-cabeça. São muitas, são tantas as peças, mas apenas uma cabe no lugar exato. A forma pede sua forma, só o encaixe faz as relações com o outro e consigo mesmo. Enon é a peça que se ajusta à parte sã da minha natureza. É o movimento que me coloca em contato com a minha face original. Não quero romper o fio, quero a invisível resistência do cobre que me prende ao seu calcanhar e aproxima nossos passos como nas antigas lendas chinesas.

Eu nasci para Enon 24 anos depois de ele ter nascido para mim. E soube que seria assim para o resto de nossas vidas. Como eu saberia? Sei, porque eu não me esqueço de nada, muito menos dos detalhes. Lembro que interrompi a leitura de *Az Igazi*, na página 180, quando tocou a campainha. Eu acabara de marcar a caneta um trecho que impressionara ao extremo minha alma ainda tão juvenil. Naquele ponto, Sándor Márai se referia à presença da testemunha ocular, aquela figura de fundo presente em todos os momentos de nossas vidas. Se eu ainda não conhecia minha testemunha ocular, ao abrir a porta, ela entrou em minha casa. É o incômodo companheiro de jogo, porque conhece a natureza de nossa alma travestida em aparência humana. É o único que sabe nossa verdade por mais que a tenhamos jogado às traças no fundo de um armário no porão. Enon a quem não desejo, mas de quem não quero me libertar. Que outro homem acolheria entre lençóis, ou à sua mesa, a madalena envergonhada, de autoestima aos cacos como a taça de cristal que o gesto brusco espatifa no chão? Ele, e antes dele, o olhar da testemunha elege o silêncio como veredicto.

O outono da vida humana repara a natureza e ensina. Os sábios aprendem a diferenciar que há modos de amor entre as criaturas de barro. Sabem separar a matéria do sopro de espírito. Esses aprendem que amar pode ser um tremor de coxas depois do gozo, uma paixão que queima o corpo antes de voltar à cinza. E Fênix renasce do fogo de outras e outras paixões sem fim. Mas os sábios sabem que amar pode ser também o erguer do muro silencioso, protegendo a quietude, delimitando o que se deseja e aquilo que se pode desejar.

Na paisagem acidentada da minha alma, há um deserto escaldante e, no meio dele, um pomar; junto ao pomar há um vulcão incandescente e abaixo dele, um lago de águas claras. Contudo, só posso juntar meus pedaços se Enon estiver inteiramente ao meu lado, mesmo se não está presente. Preso aos meus pés, ele irá me encontrar todas as vezes que me sentir cansada, deprimida, violada pela paixão insolúvel como é da natureza das paixões. Ele me apazigua e organiza o meu mundo do lado de fora para que eu possa viver o caos sem me preocupar com o preço que pago para comer, me vestir ou gastar o tempo que tenho.

Enon aquece o meu frio sob um cobertor de trama de lã cinzenta esverdeada com estampas de chalés e neve sobre pinheiros, tão macio e morno quanto aquele em que me envolveu meu pai para que eu adormecesse em seu ombro, pois nada mais havia a fazer. Sobrevivi ao corte fino de diamante dividindo o espelho que, naquela madrugada, separou no álbum de minha infância a imagem da mãe de seu bebê. Sou a cria apartada do peito, mal a pronunciar palavras, atirada à realidade como o visitante indesejado porta afora.

Eu soube que dali em diante teria de ser só eu para escavar meu solo, decapitar fantasmas e sobreviver. O futuro todo seria pouco para compreender uma carta de despedida, os esses e enes ainda floreados, como se estivessem ali para confirmar a impressão digital que nem desespero e sangue poderiam apagar. Suicidas costumam escrever cartas como se depois de tudo, com um punhado de letras, pudessem explicar o gesto e consolar a dor. Melhor que usassem o tempo que lhes restava para viver seu desespero humano e egoísta. Que partissem silenciosos enterrando no frio dos séculos qualquer razão ou motivo. Nem no juízo final a vida justifica a morte, nem depois que tudo se vai a morte pode dar sentido à vida. Nem a nada. Suicidas não merecem sinos, missa, flores, sequer um cubículo em nosso passado ou um nome em nossas lembranças doloridas.

Mães que se matam são como os escorpiões. Nem são. São mais venenosas, porque mesmo acuados e sem saída, escorpiões não cravam os ferrões em si mesmos. Resistem ao fogo até o fim. Sim, se agitam e se desesperam e parecem querer se matar, mas estão apenas reagindo ao excesso de calor com a única arma que lhes resta, os movimentos bruscos do metassoma. São medonhos, no entanto, as cerdas longas e finas os tornam sensíveis ao tato e ao deslocamento. Os escorpiões, quando cercados pelo fogo nem assim se matam. Morrem porque não podem mais lutar, não suportam a profunda alteração que as altas temperaturas provocam em seu organismo. Morrem sem querer, com raiva de morrer.

Irene viveu em desespero até a chegada de Enon. Enon, que se contenta em ser a pedra, parada no mesmo lugar em que meu afeto o contemplou. Eu sou o rio. Ele, a rocha plantada nas margens, se deixa banhar pela correnteza de meus sentimentos mais obscuros. Sem tentar me reter. É capaz de viver em dúvidas, cultiva a incerteza, talvez goste de perguntas que não pode responder, sabe que diante do mistério não há resposta satisfatória.

E chove no mundo

O saguão do aeroporto agora está vazio. O piso de mármore é frio como a condição da pedra. Voo 2350 com destino a Madri, última chamada. Embarque imediato no portão B...

Estou sempre olhando para dentro de mim, não encontro o culpado, o inconsciente é meu algoz. Ou a vida real não existe, e eu só existo naquilo que sou dentro de mim? Sou o que trouxe comigo e o que levarei ao fim de tudo, sou o que em mim carrego, o lado de fora é circunstância. Eu poderia agora enfiar os saltos finos nas frestas das pedras portuguesas pelos antigos becos da cidade, punindo seus desejos mais secretos, entre mendigos, bêbados e desvalidos. Todos aqueles que já sentiram navalhadas na carne. Esqueceram. Não me esqueço. Então, quem sabe, enxergaria um pouco além, fora de mim. Entre arranha-céus e torres veria uma nesga de céu azul, um raio de sol brilhando, uma estrela na vastidão. Talvez me deparasse apenas com o vazio, a vaga monumental que antecede o acontecimento e dá sentido ao que não tem.

No início dos amores, tudo é perfeito, e a vida insinua que é possível seguir aos pares, assim combinados como o odor de café fumegante e a toalha xadrez na mesa de manhã. Enon era o homem que aparecia no momento certo e protegia Irene do medo de ser o que ela tanto evitava. Tão simples como os pares perfeitos. Homens maduros apaziguados e moças ruivas, desesperadas. Herdeiras de fortunas, fugindo de lembranças e traições que o tempo não pode amortecer, nem disparo de pistola silenciar.

Ai que dor! Ai que dor no tornozelo ferido, na alma depois de aprender a lição. Nada aos pares é seguramente certo. Nem eu, nem ele, nem a vida. Se for assim, será. Ela e Enon, um par que nem a obsessão por Lúcio iria separar. Irene sabia, estava decidido o que ela não poderia mais mudar.

Um homem. O homem que meu cérebro, meu sexo, minha alma, e o ser que abrigo neste corpo, mesmo antes de eu saber, grudou em minha vontade, em meu desejo, quando nada mais deveria ser. Era madrugada em um bar de esquina, portas cerrando e garçons sonolentos, generosos nas taças de vinho. Pacientes. Os garçons e as noites sabem reconhecer as mulheres: as que se afogam de solidão, as que se afogam porque sabem que não há mais jogo em seu baralho, as que se afogam porque o jogo continua e não têm mais cartas para jogar e também aquelas que se afogam numa madrugada, pensando que podem quebrar as regras do jogo. E foi isso o que os garçons viram em Irene.

Um peixinho japonês, um beta abrindo a cauda azul-brilhante, se debatendo no aquário, tentando em vão ir a uma guerra que não iria libertá-la. Uma mulher bela, de olhos rasos verdes, quase água, esmeraldas mais transparentes que o vidro de sua prisão. Uma mulher assim que homens sinceros em suas vontades jamais deixariam voltar sozinha da noite.

Era o começo de um temporal. Amigas bêbadas. Eu bêbada. Quem teve a ideia, não me lembro. Uma das três e raras mulheres com quem eu algum dia convivi. Ou melhor, que vi uma vez ou outra. Não sou de muitas amigas. Nem sou de amigas. Não gosto de falar ao telefone, de trocar confidências, desabafos. Prefiro estar comigo com os labirintos que ainda desconheço, com minhas cavernas geladas que poderei iluminar no dia em que alguém descobrir onde adormece meu fogo: Lúcio. Mas, naquela noite, uma das amigas teve a ideia de ligar. Ele chegou com três trouxinhas de pó e seu olhar no balcão.

E ele não me via do lado de fora, me fisgava do lado de dentro. Obsceno. Eu sabia que qualquer dia seria assim. É fácil prever o destino. O difícil é evitar. Alguém disse. Quem disse? Daquela vez ninguém soube responder. Mas eu sempre tive comigo que o acaso não acontece só por acontecer. E então, na madrugada, ele entrou em minha vida às vésperas do temporal com nuvens de chumbo, águas pesadas, relâmpagos, trovões. E um punhado de cocaína. O pó e o vento me agitam quando vêm em pequenas quantidades. Só me acalmo com a ventania que anuncia o aguaceiro. Lufadas que servem apenas para levantar poeira fina, desfazer cabelos, bater janelas, carregar folhas secas e papéis velhos pelo ar me irritam tanto quanto me tranquilizam vendavais, que precedem a tempestade, e algumas trincas de carreiras de pó.

Naquela primeira vez com Lúcio, nas últimas fileiras do pier da Lagoa, ele acendeu um charuto barato, me ofereceu um vinho branco vagabundo e ventou forte em minha vida — quando tudo já estava decidido. Ele, traficante, atravessador, bandido? Regente Plutão e seu brilho nos olhos, fogo fátuo na minha madrugada, me aqueceu. Ao encontrar seus olhos, não vi nada. Senti o desespero que me cravava em carne viva, desembocava no sangue, costurava a pele, imprimia cor e sentido a tudo o que me cercava do lado de fora e me aprisionava do lado de dentro.

Abaixei a vista até onde pudesse me esconder, porque naquela hora soube que estava à beira da sagração do corpo ao fruto proibido. Imediatamente lembrei a pergunta de Marguerite Duras, no início de *O amante,* quando se reconhecem os olhares da adolescente Jane Marche e do experiente diplomata chinês, na travessia do rio Mekong: É possível viver em desespero sem desejar a morte?

Poucos dias depois do livro, no divã do analista, a dúvida fora revirada pelo avesso: É possível desejar a morte, sem viver em desespero? Não encontrei resposta para nenhuma nem outra. E fosse pelo desespero de Freud ou de Duras, naquele momento meu desejo insano me fez debruçar sobre o peito liso, maciço e moreno de Lúcio. Depois, abri os olhos sem ainda entender onde estava. Um mundo líquido, gelatinoso, um quarto de motel de quinta, cheirando a uísque, cocaína e tesão, antes que minha consciência me situasse naquele marear espesso, meu corpo o reconheceu. E o reconheceria por todo o sempre, ainda que me encontrasse rodeada pela escuridão absoluta e cercada de quantos homens fossem, conhecidos ou estranhos, meu corpo iria, inevitavelmente, em sua direção.

Luz do sol

E naquele primeiro amanhecer depois de Lúcio, ele ressonava ao meu lado. Pensei em Zakeu, meu pai sempre ausente, em Enon, minha testemunha ocular, o único capaz de me julgar, condenar ou absolver, porque conhecia minha verdadeira natureza. Admiro os fortes e reconheço os sábios, sei que posso amá-los pela vida eterna. Mas isso não quer dizer que eu possa desejá-los como aos tolos, aos fracos, aos transgressores, minha estirpe. Toquei as costas largas do amante, medi o peso de seu corpo no espaço, e meus olhos cortaram a matéria sólida de ossos e músculos a buril, enquanto a chuva borrifava o basculante da janela. Então, experimentei a sensação primeira dos que se veem diante de sua criatura ideal feita presença sólida, Michelangelo, talvez, diante de Moisés ou David.

Lúcio me olhou e se me viu, o que ele via? Não sei. Sei que me abriu os braços e entendi o que queria me dizer. Estava tudo bem, tudo em paz, em segurança até aquele momento. Aí Lúcio me sorriu, daquela vez me afundei em seus olhos mestiços que se estreitam, não se revelam, nem se escondem. Olhos profundos do acaso inevitável que se mistura à ferrugem da ferida original. Não é ferida de ferro, nem de fogo, nem de corte de faca, sempre foi só ferida mesmo, não mais tão doída que me leve ao gesto desesperado, mas que lá permanece o tempo todo como as coisas designadas. E sendo assim, a ferida àquela hora já não se via como tal, era semelhança, no máximo, imitação da dor.

Com seu corpo inteiro outra vez dentro de mim, eu vi: Lúcio jamais iria me mentir, nem me dizer a verdade. Somos crias do mesmo pesadelo, vítimas de um sonho igual. Então, enterrei as unhas em seus ombros e ainda chovia sobre as calçadas do lado de fora do hotel vagabundo na Tijuca. Ele adormeceu ao meu colo abandonado, e enquanto eu observava seu sono, entendi que aquele que estava ao meu lado era meu desde o começo. O meu amor de toda a vida, ainda que não fosse por escolha. Mas sei agora que não haverá outra vez, porque na existência atual já não tenho como evitar a partida. Daí em diante, serei Vênus luminosa, manchinha minúscula presa à órbita que me arrasta em torno do Sol. Lúcio e eu, o confronto entre a luz e a treva, no qual serei o pontinho negro no fim de tudo.

Você tem meia hora

São 21h55, a voz do alto-falante informa que o avião vindo de Paris já se encontra em terra. Irene chora. Lúcio, meu amor primitivo, você que pertence ao meu mundo, aos anseios insanos, desvarios, transgressões, vem me buscar! Fecha a porta da casa, não deixa vestígio, mas vem me buscar. Porque nosso tempo acabou, me leva pelas colinas, me afaga o desenho dos ombros, me mostra o oceano revolto, os mares de Marte, as planícies inexistentes. Me comova, eu te comovo. Em silêncio.

E foram assim os instantes em que estive com Lúcio. Uma, duas, três e tantas noites que não contei. Tardes calorentas em um hotel na zona sul, abraçados como dois animais se protegendo do medo, surpreendidos pelo incêndio na floresta. Seu sexo dentro de mim, inteiro, firme como uma ponte que leva de nenhum lugar a lugar algum.

Madrugadas de chuva e frio, de entregas que são possíveis apenas quando a voz que sussurra em nosso ouvido é a voz que ouvimos dentro de nós mesmos. Funda, tão reconhecida e próxima, que não há palavras a falar. O silêncio contém todos os sentidos, os verbos, os substantivos, um vocabulário onde não cabem palavras fáceis, frágeis, banais. E em momentos como este, dar o corpo é entregar a criatura de barro impuro, a alma luminosa e o sopro que portamos embrulhados em pele fina celofane. Com Lúcio foi assim.

Lembro o dia, um dia e meio em um fim de semana dos meus meses sem Enon. Lúcio, eu sobre a moto cor de vinho na estrada. A viagem começou num levantar do sol além do asfalto, que na subida da serra ficava tão estreito e definido quanto o fio que me liga aos pés de Enon. No meio da estrada, uma árvore, entre muitas outras, só que esta era quase a árvore rubra de Piet Mondrian, como a que vi nas visitas ao museu com Enon. E, no entanto, nós dois, Lúcio e eu, parecíamos combinar como os pares que o acaso une e a decisão não pode desfazer. Por um instante, tive a certeza de que era o dia mais perfeito em minha vida. Um raio de sol decidido a atravessar a janela e inundar de luz o quarto frio, escuro, fechado em que me tranquei.

Do meu lado, eu tinha o homem que me colava às suas costas, como a escorpiã aos filhotes, e entendia as palavras que eu não queria dizer, mesmo quando se fazia fundo o silêncio entre nós dois. E, em alguma hora, pensei ter ouvido Lúcio dizer: Olha a árvore, o vento enverga os galhos ao chão, mas não consegue quebrar. O vento passa, Irene, a árvore que se curva ao temporal, vai se erguer quando passar a tormenta. Se eu ouvi, só ouvi seus pensamentos, os meus. Olhei para a beira do caminho, a árvore inclinando seus galhos, sem resistir ao vento, para não se quebrar. Inclinei meu rosto o mais perto que pude junto ao perfil esculpido na pedra do homem que conduzia a mim e a ele próprio sobre uma moto cor de vinho na estrada. Sorri e ao mesmo tempo pensei: esta é a lembrança derradeira que quero levar da felicidade. A última imagem que buscarei na memória quando tudo estiver perdido, quando Lúcio e sua mão direita, morna e pesada, não estiverem mais sobre meu joelho.

Per sempre, per sempre

Aquele momento eu não teria como dividir com ninguém. Nós dois tão próximos e já separados, pois sei, o fim é o destino de tudo que começa a existir. Mas dali em diante eu entendi também que se não fora fiel, agora eu não poderia mais ser leal a Enon. Pensei nisso mais tarde, olhando a lua plena no céu lavado pelo temporal. A mão de Lúcio, que antes descansara sobre meus joelhos, ao mesmo tempo arrancando o meu e o seu próprio jeans. Cravando os dedos morenos, farpas de unhas roídas no algodão das roupas, da pele e de tudo o que eu tinha de mais íntimo fora e dentro de mim. A boca sugando rendas até encontrar meus mamilos, os bicos de meus seios grudando seu corpo ao meu como grudam a tatuagem e a pele. A gargalhada de Lúcio, os dentes brancos, a alegria irresponsável e infantil, a saliva e o esperma, mornos como suas mãos, inundando minha boca, meu sexo, um temporal que lavava o sangue da ferida, trazendo enfim a paz à minha vida. Diante do meu desejo insano, descontrolado, se punham nossas almas unidas, mais nuas que nossos corpos expostos ao perigo. Nudez de Adão e Eva, na noite original. Daquela vez, o paraíso era só uma noite escura como tantas à beira do mar. Lúcio sussurrando em meu ouvido, a voz grave que a qualquer hora me enternece, me molha, me afoga em desejos e dúvidas, paixão e raiva. A mesma voz que ao telefone não se preocupa em me explicar suas ausências. Lúcio e eu, no mundo só nós dois. E entre os dois, todos os muros, tijolos, tapumes, concretos que erguemos do lado de fora e que se erguem também dentro de nós. Barreiras, labirintos.

O meu homem que soube desprezar o gelo e atiçar o fogo no lugar em que eu mesma nunca havia procurado. Uma mulher sabe, e se não sabe um dia irá saber, que ao sexo e ao amor, tudo vindo ao mesmo tempo, só se entrega uma vez. Ele me deu o gozo físico mais natural e profundo e também a dor de não acreditar que assim pudesse ser com ele e comigo, a distância mais dolorida. Lúcio se machuca e se fere, me machuca e me fere, pois sabe que não tem como me querer. Ou, quem sabe, por não ter como acreditar em nós dois foge como macho desacreditado dele mesmo, engolindo raiva e desejo, mastigando de uma só colherada seu prato de dor e prazer. O meu prazer e a minha dor.

Assim, foram tantas vezes em que ele disse que vinha e não veio. E que fui atrás de um endereço que não existia, em uma vila de esquina, entre duas ruas que não se cruzavam em um bairro onde eu nunca pisara. Eram os únicos indícios que ele me dera, além dos números de dois celulares. Era tudo o que eu sabia dele: um retrato numa beira de praia, mãos na cintura de uma mulher que eu desconheço; uma filha morena, brincando nos corredores de um shopping na zona norte; uma camiseta da escola de samba Padre Miguel; um cartão de doador de sangue tipo A positivo; uma nota de supermercado amassada; um Espírito Santo de ouro, uma corrente e um punhado de dólares, enfiados no bolso da jaqueta de couro com o forro reformado. Foi tudo o que consegui saber. Nem profissão, nem atestado de residência, só os nomes de uma mãe e de um pai: Lúcia e Osíris. Ele se move na mesma cidade em que caminho, por paisagens que ignoro como se viesse de outro mundo e nada tivesse a explicar.

Mas quando ele veio e quando não veio outra e outra e outra vez, eu quase sempre sabia que só estava manobrando o tempo. Ele viria sempre, na hora do seu desejo: a sua hora era nossa hora marcada. Chegaria com seu hálito de dentes brancos que o perfume da vodca não podia contaminar. Com a saliva fina e transparente, a língua lisa, decidida. Com seus odores da pele que tem cheiro dele mesmo e que eu só senti parecido uma vez em minha vida. Naquele único dia em que meu pai quebrou o silêncio, como já se haviam quebrado as amarras de sua cria com a mãe, e, então, meu próprio pai, moreno, forte e viril, me abraçou. O vento que fustigava a tempestade de areia em meu deserto de menina se aplacou por um segundo, e eu experimentei por um instante o que seria a infância.

Lúcio tem o mesmo cheiro que tinha o suor na camisa de cambraia de meu pai. É a tatuagem negra que rasga a minha pele e circula na sola de meus pés, que latejam e me despertam na madrugada. Pesadas de chumbo, as solas não me deixam voltar a dormir. Ele está presente, sentinela de minha alma o tempo inteiro. Mesmo quando vai embora, ainda se esgueirando no lusco-fusco do amanhecer, cabelos negros molhados do banho frio no banheiro da minha casa com Enon. Belo, moreno, forte. O mais belo rosto viril que já se debruçou sobre mim, e sobre o qual já me debrucei.

Um homem que caminha seguro pela rua e não desvia o olhar por um momento sequer. Nem diante das sombras que restam da noite, nem diante de um vizinho eventual com quem dificilmente se depararia. Pois Lúcio estaciona sua moto na sombra das árvores, se esgueira por onde não há luz. O meu amor que me faz companhia nas longas tardes de sol e nas madrugadas de temporal, ao lado de quem não sinto culpa, remorso ou medo. Temer, temo apenas a mim mesma mais que à morte, que hoje sei pertencer à vontade de cada um. Só me amedronta aquilo que ainda é parte de mim.

Mas eu sei, ele sabe: há amores estranhos, há ciúmes violentos que nem o peso de uns palmos de terra consegue enterrar. São 18 meses e muitos dias de distância entre aquele balcão do bar onde encontrei Lúcio e os mármores do aeroporto onde vou encontrar Enon.

Como pode uma mulher? Não sei. Coerência para mim é como matemática e física: se alguém crê em suas matérias, regras e leis, que não tente me explicar, pois não vou conseguir colocá-las à prova. O exercício possível, meu teorema de Pitágoras, não tem hipotenusa igual ao quadrado dos catetos, meu teorema é sobreviver. E esta ciência não é exata, eu aprendi com minha língua que se existem regras, também existem exceções. Me sinto melhor com as exceções.

Sei muito pouco, quase nada, se penso na perplexidade da vida mais simples e banal. Na minha, há um homem que me ama, com quem me deito sem querer me deitar e que minha pele não reconhece como meu. Existe Enon, firme, confiável e sereno, que me procura com a elegância dos cavalheiros, que aceita o não sem resistência, que sorri agradecido quando vou ao seu encontro em qualquer lugar deste mundo. Mas há o outro, que me domina a existência a qualquer instante. Lúcio, a quem vejo como a luz, a quem me curvo, relâmpago no temporal.

Depois, como se escreverá esta história? E se for escrita exatamente como se deu, quem terá paciência e compaixão para entender o enredo? Acaso, destino, dita, fado, fortuna, sina. O passado constrói o presente e, não me iludo, comanda meu futuro. O futuro é o que nesta noite se verá.

Olhos de Manet

Altitude 8 mil pés. Céu de Rigoletto feito de fumo e de tempestade a caminho. Se há cores nas nuvens, elas agora são de todos os matizes da sombra. O caco de lua que acompanhara o solitário voo sobre o Atlântico ficou para trás e a paisagem que se vê da janela parece feita de metal pesado nesta noite de todos os calores. Atenção, tripulação, preparar para o pouso. No Rio de Janeiro, são 21h50. O tempo está nublado, ventos fortes, temperatura de 32 graus. A aeronave tenta o mergulho, busca uma brecha na massa de chumbo, sem evitar o atrito, as asas estremecem no ar. Ao chegar à pista, porém, os trens de aterrissagem tocam suavemente o chão. A aeronave desliza até estacionar junto à sanfona do desembarque.

Enon tira os óculos de leitura. Fecha *A Pintura como arte*, o ensaio do inglês William Wolheim, sua leitura de bordo, que o acompanhara nas últimas 11 horas. Beberica o último gole do uísque que, então, já era quase só gelo derretido. Não gostava de filmes a bordo. Não gostava da vida a 24 quadros por segundo, como se vê na tela, do cinema. Gostava da vida como fora representada na arte, paralisada na tela no segundo exato, o único que faria de um só gesto ou de um certo olhar a figura da mesma mulher se reinventar por todos os tempos. Era assim, quatro meses pelo mundo, um mês com Irene no Rio de Janeiro. Dois meses viajando com Irene, três meses voando pelo mundo. Sem país, sem pouso fixo, igual ao sol que se levanta de um lado e se deita de outro. E, sobretudo, vivendo fora de casa. As manhãs nas bibliotecas, as tardes nos museus, as noites nos vernissages, nos leilões, nos restaurantes elegantes, servido por aqueles que conheciam a safra e a temperatura certa de seu vinho favorito e ofereciam ao seu paladar o prato exclusivo para apreciação de poucos. A vida sob um teto fixo, no mínimo, era tediosa. Ainda que, ultimamente, a vida se desse sempre em torno de Irene.

Emoção para Enon tinha nome próprio: obra de arte. Para comprar, para vender ou apenas pela recompensa de descobrir uma água-forte de Rembrandt que nem os peritos da Christie´s ou da Sotheby´s conheciam, uma peça rara ainda nas mãos de quem não sabia o seu valor. Dono de seu tempo e de sua vontade, podia passar, se assim desejasse, uma tarde completa, duas ou três que fosse, parado diante de uma cena de Vermeer. Identificando as misturas de pigmentos que levara o artista ao verde-terra, ao amarelo carregado de chumbo, ao azul ultramarino do lápis-lazúli, que só o mestre na distante Delft do século XVI misturava aos brancos das paredes em suas cenas.

Mas nada existia na face do mundo que interessasse tanto a Enon quanto estar frente a frente com certa pintura, a única sobre a qual seu julgamento crítico não conseguira chegar, até então, a um veredicto, por mais que a examinasse e revisse. Este quadro chamava-se *Um bar em Folies-Bergère*, a última obra de Manet. Ao longo de todos os anos, desde que a vira pela primeira vez, a figura central ainda provocava no amante da arte o mesmo entusiasmo do primeiro encontro e a mesma dúvida persistia ao fim do embate. Será essa uma figura verdadeira, sincera, original? O que me faz, então, voltar tantas vezes diante dela, se de todas as formas que a examine eu ainda não a posso entender?

O fato é que a moça de vestido azulado, pele branca percebida sob o corpete justo, cabelos rentes às sobrancelhas, sem chegar a esconder o olhar ensimesmado, exercia sobre ele uma atração inexplicável. Talvez porque o semblante da jovem vista de frente, e também de costas para o espelho, insinuasse uma espécie de desprezo e indiferença diante da tentativa de sedução do homem que se vê de costas a um canto do quadro. Ou, quem sabe, aquele olhar que parecia se voltar para dentro de si mesmo não passasse de um artifício do pintor com o propósito de tornar a figura tão perturbadora à visão?

Atrás da resposta verdadeira, Enon perseguira aquela imagem pelo mundo. E arriscaria qualquer lance se um dia pudesse disputar a pintura a óleo, mesmo sabendo que desde 1934 ela tinha o mesmo dono. Pertencia ao mecenas britânico Samuel Courtauld que, tanto quanto ele, amava pinturas. Com a moça de Manet ele nunca iria se deparar em um leilão. E se um dia se deparasse, certamente não conseguiria manter a atitude distante como se fazia parecer nas salas mais importantes das temporadas internacionais. O polegar esquerdo pressionando o queixo, o indicador em riste sobre os lábios, a mão direita suando em cima do catálogo, sem dar o mínimo sinal de interesse pelo objeto que há anos pudesse estar em sua mira. Enon se comportava assim nas disputas do mercado, com a segurança do comprador que não está disposto a perder uma obra de arte que lhe acendesse a cobiça.

Entre um leilão e outro, haveria o encontro com Irene na vila em Vitorio Veneto. Algumas vezes, os dois seguiam pelas antigas aleias dos jardins gelados da propriedade até a pequena osteria encravada na ladeira estreita por trás do muro de pedras, conhecida apenas pelos moradores da terra. Sentados frente a frente à mesa, seu olhar passeava como os dedos do escultor pelos traços do rosto de Irene. O nariz reto, imponente, a cabeça em um oval perfeito, a linha tensa do pescoço que sustentava um rosto de expressão diferente, indiferente, sua pintura. E observando o meio sorriso encoberto pelos cabelos cortados em ponta, que à luz das velas mais parecia lapidado em topázio, Enon se mantinha à margem dos pensamentos de Irene. O que seriam tais fugas a que ela entregava a mente e o olhar cada vez mais introvertido?

Irene tinha fome, uma fome física, ansiosa, sensual, que Enon jamais se propusera a saciar. Como se imolasse o corpo ao sacrifício necessário, ele compartilhava com ela a cama, sem o ardor que os atirava à mesa. Aos aspargos frescos, aos pães de cascas ásperas e miolo fumegante, que precediam os peixes há pouco tirados da rede, ardendo em brasas sobre as trempes, exalando a fumaça leve que no fim teria o gosto de aneto e alecrim. E, no caminho de volta ao quarto de casal, ele pensaria em um jeito de desejar o corpo de Irene, ainda que dela só desejasse a alma. Esta jamais seria sua. Nem quando Irene dera os cabelos ao vento no cabriolé de capota baixada, serpenteando estrada abaixo até avistar o Lago di Garda. E o vento cheirava aos limoeiros de frutos amarelos, amarelos como o sol daquele anoitecer. De um lado as pedras das montanhas de picos nevados, de outro, a placidez do lago espelhado. Para sempre em suas vidas, a imobilidade da pedra e a profundeza do lago.

A arte sobre todas as coisas

Desde cedo ele soubera que projeto de vida se faz com o risco presumido e reserva em caixa para saldar a fatura no dia em que se apresentasse. Enon não incluía, necessariamente, em seu plano de voo família, casa, mulher, filhos, ou a coleção particular para exibir aos convidados. Não incluía tampouco parceiro com quem compartilhasse sexo, em troca de noitadas em hotéis elegantes ou cruzeiros em navios de luxo. Não se a moeda a pagar fosse dissimulação e sofrimento. A ele bastava a arte como vida. Preferia que fosse assim, desde a primeira impressão diante de uma obra, aquela casualmente avistada em uma exposição londrina. Ele acompanhava a família que mudava de capital em capital, a cada vez que o pai era designado adido cultural de seu pequeno país na estilhaçada Europa Oriental.

Os acontecimentos na vida de Enon transcorriam na mesma ordem em que os órgãos foram distribuídos no corpo dos homens. Acima de tudo a cabeça, depois o coração e, finalmente, o sexo. Se o homem assim fora construído, haveria razão de ser. Para ele, os eventos mais importantes da experiência humana se davam acima do nó impecável de sua gravata e não abaixo do cós de suas calças bem talhadas. O gozo e a plenitude que outros buscavam na intimidade dos sexos ele encontrava no articulado universo de seus pensamentos. No feixe mental que alimentava com os livros de filosofia da arte, com a observação demorada e paciente de uma obra, que podia durar anos a fio para o conhecimento e a reflexão. A reflexão filosófica, mãe de todas as dúvidas e incertezas, aquela que o moralista francês La Bruyère dizia ser a única capaz de nos consolar da felicidade alheia, das preferências indignas, do declínio de nossas forças e beleza, de nos permitir viver sem uma mulher ou de nos ajudar a tolerar aquela com quem vivemos. As experiências da razão e do intelecto perduravam. Essas sim, podiam passar de um homem a outro e ainda perpassar os séculos.

Talvez por isso, de cidade em cidade, o tempo todo, a mesma sensação de enfado diante da vida banal que não estivesse representada na tela. E se a vida só podia ser perfeita se representada em pintura, o que mais restava a Enon? O afundar nos livros, nos acervos de galerias e museus; na tese de doutorado em estética, até se tornar tão influente que uma palavra dita por ele tinha o poder de transformar o comércio das artes num negócio de escalas sem precedentes, decidir escolhas, trocar acervos de mãos, destruir ou criar coleções particulares no mundo dos milionários. Um jogo para poucos, mesa de apostas onde só têm lugar os espíritos apurados, os donos do gosto, do mercado e do dinheiro. Esses possuem estatura para dizer o que é ou o que não é uma obra verdadeira da criação humana. Esses, sim, mereciam a atenção que Enon não dispensava a companhias femininas. Até encontrar Irene.

Ordem sob controle

No dia em que viu Irene, Enon entendeu. Estava, pela primeira vez diante da mulher exata, se para ele pudesse haver uma criatura exata, fosse no corpo de uma mulher ou de homem. Com Irene parecia haver. Nem por ser tão bela, juvenil, rica, culta ou ruiva. Mas, sim, porque o rosto que ele entreviu de soslaio voltar-se do espelho do hall em sua direção, o homem elegante e maduro que acabara de cruzar o living do apartamento do pai de Irene em Paris, não era mais um rosto qualquer, a quem pertencia o reflexo do espelho, quando a porta do salão se abriu? Quem era aquela que guardava a mesma expressão da moça no balcão do *Folies-Bergère*? Enon chegava para avaliar o espólio do poderoso cliente brasileiro, a pedido da única herdeira, a moça de olhos verdes quase água, tão diferentes na cor, e igualmente difusos a ponto de a pintura se fazer real e tocável.

O olhar de Irene não fazia promessas de sofreguidão e luxúria que nem poderiam se concretizar. Não prometia, não insinuava. Era só um olhar que ninguém desviaria de seu ponto de fuga nem da intenção de quem por acaso o desenhara. A mulher que não sorri com os olhos, não olha, não explica, não pede explicação. Só deixa atrás de si a dúvida das presenças que estão sempre de passagem. Naquele momento, alguma coisa irrompeu no pensamento do homem controlado que sabia diferenciar as regras dos negócios e das relações humanas. Um encontro sem conserto, sem remendo, sem negociação. Ainda que Enon estivesse ali a negócios para avaliar a coleção de arte do espólio da família de Irene. À força daquela aparição, Enon se viu preso no mesmo estado de suspensão de todas as certezas como se vira diante da moça na pintura de Manet, que alguns estudiosos identificaram como a prostituta parisiense Suzon. Soube, então, sem que nenhum livro lhe dissesse, que aquela mulher seria a sua verdadeira obsessão, como fora a moça da pintura impressionista. Dali em diante, a ele já não bastava somente a arte como vida. Fosse qual fosse o combustível do estopim, nada mais se compararia em intensidade e duração ao poder que Irene exerceria sobre Enon no primeiro e em todos os momentos seguintes.

Mulheres inteligentes e rápidas gostam de homens que não só tenham experiências interessantes, mas que saibam a maneira certa de contá-las. Homens inteligentes e experientes podem ser, acima de tudo, sedutoramente viris, covardes ou apenas desinteressados. E mesmo que não seja essa a escolha, podem selecionar uma mulher para compor aparências, calar perguntas, dar respostas. E que seja ela uma pintura. Então, Enon, fria e controladamente, decidira no último instante tomar outra via, virar em outra esquina, quebrar o percurso retilíneo sobre o qual se conduzia. Foram meses e meses de encontros pelo mundo, entre um leilão e outro, por galerias e museus, cafés de Paris, monumentos romanos, ruas de Londres, becos de Veneza, enquanto se negociava a preciosa coleção herdada por Irene.

Um ano depois do encontro no elegante apartamento da rue La Boétie, em Paris, Enon estava casado com Irene e com endereço no Rio de Janeiro. E, ao lado dela, escolheu um modo possível de viver. Entre fazer da vida um vulcão, céu de paisagens marítimas de Turner, campo de trigo de Van Gogh, preferiu a oscilação imperceptível das águas de Cézanne numa *Vista de Médan*. E sob a mansidão, sempre a dúvida, a mesma situação ambígua que expõe a moça de costas para o espelho de Manet. Uma brisa leve, Irene ruiva, 2 quilos acima do peso, lisa, gelada, profunda como os lagos imperturbáveis pela inexistência das ondas, assim seria o seu amor.

Não conheço o sorriso dela, Monalisa. Não será minha como a pintura impressionista que me acalma quando eu sinto o seu turbilhão interdito. É a dona do fogo que não me queima, que não arde ao meu lado. É a minha mulher que se esquiva, que se esconde e de quem não quero saber mais do que preciso saber. Quero o mistério de seu olhar sem pouso, da bruma sobre os lagos onde só mergulha quem não mede a profundidade do remanso. Será sempre a minha mulher, sem precisar ser, pintura e ornamento de minha vida em surdina. A distância faz bem aos amores e tudo pode ser tão perfeito assim, sem sobressaltos, sem discussões. Ela e seu mundo revolto. Eu e o lago que estendi aos meus pés. E, no meio do lago, a imagem mais perfeita em minha vida: Irene.

Hoje, treze anos depois, Irene ruiva, de cabelos mais curtos do que antes, mas com o mesmo olhar perdido em pensamentos, continua ao seu lado. Sua mulher que ele ainda contemplava em dúvida tanto tempo depois. Linda e animada como os seres que expõem sua alma? Ou pálida e inexpressiva como a obra que não se revela? E, ao lado de Irene, erguera outro piso de sua vida em surdina, tal como ele havia vivido o tempo todo antes.

De repente, o vulcão

Enon sabia que ao final de tudo não haveria respostas. A vida não tem epílogo, arremate, nem ponto final. Se ao interessado não é dado conhecer o desfecho, deixemos que o mistério se realize no leito da interrogação. Assim ele convivia ano a ano com Irene, sem se preocupar em obter respostas, porque não fazia perguntas. Não se lembrava de alguma vez que tivesse pronunciado por que isso ou por que aquilo, Irene? Nem mesmo, quando recém-casados, sua mulher decidira manter em casa a biblioteca do pai: constituída por uma pilha de volumes especializados e um pequeno gabinete de horrores. Eram tratados de zoologia, ensaios científicos, teses acadêmicas, recortes de jornais, e, junto no mesmo cômodo, uma cenografia de vitrines e mais vitrines através da quais estavam expostos os objetos de tão estranho interesse: escorpiões conservados em formol, corpos em compotas ou apenas mumificados e presos por alfinetes a etiquetas de identificação. A coleção que o pai Zakeu viera reunindo por mais de cinco décadas, desde a juventude, quando ele mesmo quase experimentara a peçonha ao calçar as botas de caça durante um safári na África, sem antes olhar onde enfiava o pé.

Irene jamais mencionara a intenção de se desfazer daquele patrimônio incômodo, ao contrário, reservara a ele a saleta de baixa luminosidade, porém, climatizada no sótão do casarão no Rio de Janeiro. Enon percebia que a mulher compartilhava da paixão paterna com a mesma fisgada de asco e letargia da presa que se debate entre atração e pavor pelo sujeito do desejo. Mas, em vez de se livrar dos livros e dos animais defuntos, ela costumava se debruçar sobre eles, assinalando frases nos textos, dissecando com os olhos as carcaças das vitrines, muitas vezes noite adentro.

De todas as pessoas com quem se relacionara, Enon só conhecera duas, Irene e Zakeu, que se dedicavam a estudar os escorpiões. O que levaria alguém a prestar atenção a essas criaturas rastejantes que os cientistas denominaram de *Euscorpius flavicaudis*, da classe dos aracnídeos, espalhados por cerca de 1.400 espécies? Enon não perguntou. Contentava-se, algumas vezes, em se esgueirar sobre os ombros de Irene e acompanhar o gesto da pena fluorescente estendendo a marca luminosa sobre a vida noturna e crepuscular desses seres que respiram como se alguém folheasse as páginas de um livro. Donos de um corpo emendado na cabeça podem possuir até seis pares de olhos e ainda assim mal enxergar a vítima. Guardados pela carapaça, protegem-se com neurotoxinas apropriadas para atingir a célula nervosa de determinada espécie animal. Mas até lá provocam dores intensas, queda de temperatura, pulsação acelerada no homem mais forte que, por acaso, atravesse seu caminho e pise em sua cauda. Entretanto, em suas jornadas pela noite, não sobrevivem ao assalto de um sapo, seu grande predador. Era o suficiente para Enon.

Durante madrugadas, o marido vigiava o barulho dos passos de Irene deixando o gabinete até vê-la surgir no quarto de vestir. Começava ali o ritual que ele esperava pacientemente como se aquele instante precedesse o gesto final e o bater do martelo, apenas pelo prazer de contemplar a obra mais valiosa de seu acervo. Irene se despindo ao espelho; Irene e o espelho frontal, a superfície plana, ambígua, que em alguns momentos parecendo oblíqua, reproduzia a imagem em primeiro plano, o olhar perdido em um ponto atrás de si mesma. O abajur do quarto pela porta entreaberta inundava o quadro com uma luz esbranquiçada e rala, denunciando os objetos mais íntimos, o rótulo colorido da perfumaria sobre a penteadeira antiga, a toalha de banho que escorregara do corpo ao chão. E a um canto do espelho, ao mesmo tempo fora e presente no quadro, Enon se via refletido, naquele ambiente de composição irreal, onde tudo parecia reproduzido ao contrário.

Irene se despia sob a claridade difusa, uma nesga de luz nos cabelos, um retalho de sombra no rosto e o corpo nu modelado por alguém que parecia dominar, mais que a técnica do mármore, o manuseio da carne; de modo que, ao olhar a criatura, o espectador pudesse reter todos os movimentos e compor em um ser único e inteiro a fragmentação de todas as suas facetas.

Enon admirava sem desejo o colo em neve, deslumbrantemente branco e sedoso, medindo o equilíbrio das formas, a distribuição exata do peso, o desenho perfeito, o movimento certo. Uma obra de mestre. O sexo exposto como *Olímpia* na tela, as penugens ruivas, árvore de fogo de Mondrian. Tudo acessível ao seu gosto, inacessível ao desfrute. Enon não desejava o tato ou o cheiro, dos cinco sentidos lhe bastava a capacidade de enxergar. Sua obra de arte com vida e alma, ideia resumida na matéria, intenção expressa na matéria tão realizada e abstrata. Ela, o tempo todo entregue aos confins de sua alma, como ele aos seus propósitos inatingíveis.

A vida amorosa para Enon fora composta como concerto de câmara, para um grupo reduzido de intérpretes e destinada a um seleto auditório. O recital de acordes em surdina transcorria sem alterar ritmo e movimento nas viradas de humor de Irene, às vezes ausente e soturna, às vezes leve e ensolarada. Nas longas viagens do casal, ele amava, como em nenhuma outra, a figura da mulher entregue à imobilidade da paisagem marinha, até que as ondas passassem do azul-turquesa do dia para o acinzentado do anoitecer, e ela mesma se tornasse uma presença apagada no canto da tela, difusa e solitária como sempre se mostrava nas temporadas junto ao mar. Não importava o continente, não importava o destino, não importava o resort, era sempre a mesma ilha a acenar do oceano para depois se perder.

Enon conhecia a lição para conviver com a lava aprisionada dos vulcões adormecidos no oceano. Do corpo para fora, Irene gelada, tão longe, a sua mulher que o traía sem enganos e jamais iria conhecer a traição. Ele se satisfazia em contemplar a estampa em sua vida. E, secretamente, sabia ter cabido a ele a camada glacial que protegia a lava. Nada a fazer, nem erguer um dedo, nem colocar panos quentes, quando chegasse a hora da erupção.

A vida com Irene do jeito que fosse fazia mais sentido que antes: os romances vazios levaram passantes ao seu quarto, em luxuosos hotéis da Europa, companhias indesejáveis na manhã seguinte. Todas deixavam entre lençóis, o perfume enjoativo de tédio - aquele tédio a que os franceses chamam de *ennui*. A notícia da morte de seu antigo cliente Zakeu viera numa dessas manhãs de céu lavado em Paris, nublada pela sensação de enfado que nem a brisa ligeira soprando pela janela do hotel tornava mais leve. O desânimo àquela hora o fez pensar que não lamentaria se fosse esse o seu destino. Mais uma vez, o espírito desassossegado do excêntrico hebreu, nômade como as tribos de seus antepassados, iria de vez e, enfim, travar sua última batalha por um território de paz. Na longa viagem sem volta aos desertos de sol a pino, talvez retornasse à paisagem original pela qual vagaram seus bisavós e, por onde, 400 milhões de anos atrás, rastejara a ordem dos *Scorpionida*, mais velha que a constelação que o povo da Mesopotâmia admirava no céu antigo.

Desde que a mãe morrera — sem que se precisasse investigar o disparo acidental da arma de fogo no salão de uma família tão poderosa — quadros, esculturas, pratarias, galés, tapetes e joias haviam sido confinados em um cofre bancário. Agora chegara o momento do desmanche final. Irene voltava do colégio na Suíça tão sozinha quanto sempre estivera.

Atenção, senhores passageiros, iniciamos nosso procedimento de pouso no aeroporto do Rio de Janeiro. Solicitamos a gentileza de manter seus assentos na posição vertical, verificar os cintos e atender aos avisos de não fumar a bordo. Atenção, tripulação, preparar para pouso.

TERCEIRA PARTE

Violante, Lúcio, Irene, Enon: A dissolução

Meu amor eu não me esqueço

Agora, 22h40 no Rio de Janeiro. Violante procura outro CD, qualquer música, trilha sonora que acalme seu coração. Escolhe Durval Ferreira: *Qual foi o amor que não nasceu, cresceu, morreu e se perdeu...* Naquelas circunstâncias, a canção serve à cena como o chinelo velho ao pé cansado. Os degraus que costumava escalar dois a dois, no momento, parecem fincados sobre gelatina. Que seja assim. Estou cansada, todos vão, eu fico. Mais champanhe, mais cigarro. Está no script, a cantoria chegava sempre que a concentração alcoólica no sangue ia além dos limites suportáveis. O certo é que depois do canto viria o choro, a compaixão por si mesma e por tudo que respirasse à sua volta. Na manhã seguinte, à força da enxaqueca, o excesso não deixaria mais que pegadas, resíduos no lusco-fusco da memória.

Ela tropeça na almofada, outra taça de cristal se espatifa no piso de mármore, como não faz muito acontecera com a fileira de pérolas. E desta vez também Violante se perdoa. Quebrei? Não, quebrou sozinho. Espelho e taça de cristal têm a mesma natureza, quando se quebram não se emendam jamais.

Esta noite eu não vou dormir. Às segundas-feiras, eu durmo tarde para aproveitar bem o começo da semana; às terças, porque estou exausta e levo tempo para relaxar; às quartas, porque estou sem sono mesmo; às quintas, porque preciso de um pouco de poesia antes de adormecer; às sextas, porque no dia seguinte é sábado e posso ficar na cama enquanto quiser; aos sábados, porque estou sozinha; e aos domingos, porque não quero perder tempo dormindo; e hoje, porque é quinta-feira outra vez, noite de ano-novo. Um ano a se passar na janela. Só mais um.

A brasa de um cigarro passeia pela sala do casarão. Sobe ao terraço, circunda os canteiros do jardim. Oscila com as passadas de quem caminha mais devagar que o galope das ideias. Ainda que estivesse sóbria, Violante não teria como saber que do lado de lá estava Lúcio em agonia, o moço bonitão que ela acompanha da janela. Regente Plutão.

Para não repetir a história dos pássaros

São 22h50 quando Observadora entra outra vez na sala.
Observadora fala: Ainda por aqui?
Regente Plutão: De saída, preparando o voo para o lado de lá.
Observadora: Então, chegou a hora que esperava?
Regente Plutão: Quase lá, já estou pousado no fio elétrico.
Observadora: Igual passarinho?
Regente Plutão: Como pássaro migratório...
Observadora: Cuidado, os estudiosos dizem que 85% deles não conseguem chegar ao final da travessia.
Regente Plutão: Os pássaros ou as almas?
Observadora: Que eu saiba alma que voa não tem pouso. Estou falando de pássaros.
Regente Plutão: Eu falo de travessia.
Observadora: Acabei de ler um lindo poema[1] que também fala de travessia...
Regente Plutão: Desta para a melhor?

Observadora: Não. A dos pássaros migratórios da Africa Ocidental para a América do Sul, quando milhares deles se juntam em nuvens para cruzar o Atlântico.
Regente Plutão: Pesadelo de Hitchcock.
Observador: Seria, se eles não fossem levados pelo instinto natural a buscar uma miragem do passado, a terra que não existe como no tempo de seus ancestrais.
Regente Plutão: O instinto não protege os pássaros.
Observadora: Leia o poema de Rebecca Horn e me diga: "Suspeita-se que no meio do oceano/exatamente ali/onde segundo os geólogos/há milhões de anos/a África se separou da América do Sul/esses pássaros começam a girar em círculos/Procuram sua terra onde ela não existe mais/Seu instinto — sobrecarregado por milhões de anos — os conduz à morte/Apenas os insensíveis alcançam o continente."
Regente Plutão: Entendi, sentir é perigoso. Vou tentar não repetir a história dos pássaros.
Observadora: Cadê você? Saiu sem me desejar Feliz ano-novo nesta noite de migração?
Ninguém responde a mensagem, a tela está vazia. São 23h38.

O que restou da camisa

Lúcio sai da sala. Caminha outra vez pelo salão da casa de Irene. Escorpião na brasa. Agonia, tentação. Ciúme misturado com raiva. Paixão. Uma mulher que eu não conheço, a mesma mulher que conheço tão fundo e que me traía antes de me conhecer. Perdoar até perdoo, se eu não tivesse ficado pequeno diante dela, pedindo sem dizer que pedia, me rebaixando. Até pensei vamos juntos, nós dois, sumir no mundo, mudar de vida. Era este o sonho que eu queria ter com Irene, um lugar distante, uma praia, um negócio pequeno, filhos brincando na areia. Acordando todos os dias nós dois juntos, dormindo outra vez. Aquela luzinha acesa no quarto, que só vê quem está de fora. Vê e fica imaginando. Casal feliz, parque de diversão. Mas quem não responde nem que sim, nem que não, na verdade está dizendo não quero. Sonhar até sonharia mais, se eu não soubesse por mim mesmo que não poderia ser assim. Que não poderia ser. Não vai mais dormir comigo. Então que vá dormir sozinha, um sono sem fim em algum lugar. Se me ama, estou sabendo. Nunca me enganou com palavras, é da vida dela mesmo. É da minha e de nós dois o impossível. E será.

O traço de lua reaparece sufocado entre nuvens, buscando um pouco de ar, uma fissura no céu onde possa reluzir. Quero paz, independência, autonomia. Estou perdido e sabe por quê? Porque sou doido, maluco. Quando estou amando, tem dois modos. Ou consigo a mulher ou tiro do meu caminho. E existe outro jeito de arrancar uma saia da cabeça? Acho que só tirando da vida. Nessa situação, vejo uma saída, terminar a oração com uma reza: Amém. E matar bem matado do lado de fora o que já não posso matar por dentro.

Depois é só um desaparecido no mundo e ninguém põe a mão em mim. Uma dor a mais, uma dor a menos? É só uma voz que não vou mais ouvir. E som de voz é a primeira coisa que amo em uma mulher. Irene fala igual menina resfriada pedindo que alguém cuide de sua doença. Uma voz que não vai dizer meu nome outra vez.

Onde estou onde estás

Age logo, Gambiarra, você é rápido, esperto, ardiloso. Claro, como não pensei nisso antes? Sônia, minha parceirona, a única que ficou do meu lado, depois do beijo de Judas. Não me negou nenhuma vez. Não retirou sua amizade nem afeição. Vai me fazer um favor de irmãzinha. Daqui vejo o número do prédio, um por andar, o mulherão fica na janela do terceiro, mas tem a escada, deve dar num puxadinho, numa laje, ou coisa de rico cobertura duplex? Fácil, o endereço é número 89, apartamento 301.

Nada que uma delegada não consiga descobrir. Uma emergência, um número de telefone, uma pequena dívida para recompensar depois. Você me faz esse favor, um favorzão? Não vou me esquecer disso, minha irmã. Liga, inventa uma história comprida, segura a dona da janela ao telefone. Ela está sozinha, me disse, bebeu champanhe já está pra lá de meia-noite. Leva um papo, sei lá, diz que tem uma amiga em comum, convida ela pra uma festa. Mas segura a mulher no telefone por uns 15 minutos. É caso de vida ou morte, mais de morte que de vida. Depois, explico tudo. Valeu irmãzinha, limpou a área. Feliz ano-novo para você também.

Agora cabeça fria. O último gole de vodca para fazer o serviço bem feito. Geladeira cadê? Raciocínio. Se bem conheço os casais, ele vai ficar na garagem tirando as malas do carro. Ela vai subir correndo para pegar as taças no bar da sala e alcançar o champanhe na cozinha antes da meia-noite. É justamente lá que vou estar de tocaia. A mulher que se chama de Observadora vai atender ao telefone, liga Sônia, liga irmãzinha. Tempo cronometrado. Tempo de uma bala estourar pelo cano da arma e atingir um sujeito à queima-roupa é centésimo de segundo.

Os fogos já começaram, todos os fogos. Povo ansioso fica muito barulhento, espalhafatoso. O primeiro rojão vem seguido de chuva prateada; mandalas de estrelinhas azuis; guerra nas estrelas; explosão de círculos; redemoinhos magenta; galáxias púrpuras, douradas. Começou. Chegou a hora. Age, Gambiarra, brilha, Lúcio, relâmpago na escuridão. Quando o marido subir, eu já pulei o muro do casarão. Escorreguei pelas paredes, a minha vida dependendo do meu controle, das unhas cravadas nos basculantes dos banheiros, da cozinha, da área de serviço. Lagartixa, homem-aranha, seja como for, aí já não haverá mais nada a fazer. Irene é morta, a minha mulher, o meu amor insano, que vou matar no mundo real para salvar minha alma. Vem amor que é meu, se agarra aos meus cabelos, aos meus pelos, me olha nos olhos de um jeito que nunca me viu — sem me atravessar, me veja. Se

entregue a mim pela última vez como me entregou seu corpo sempre que eu quis. Irene, me suje com seu sangue, me batize, me abençoe, me absolva. Se é que alguém tem como perdoar depois de atravessar o rio, porque na margem de cá, eu quero, mas não posso perdoar. Sorria para mim, ria comigo, ria de mim, Irene, minha criança ruiva. Depois vá como estrela brilhante que perde sua luz com o tempo, mas deixa um clarãozinho em meu céu, um pontinho só que se veja. No outro dia, na outra noite, a escuridão. Que um espírito santo tenha piedade de nós. Agora sob esse aguaceiro que já, já desaba na cidade, que seja feita a vossa vontade. *Maktub. Kyrie Eleison.*
São 23h54.

Testemunha ocular

O telefone toca pela primeira vez naquele dia na casa de Violante. Ela desce as escadas correndo, trôpega, segura o corrimão, aos tropeções para chegar à cozinha onde estivera jogado o aparelho sem fio. Não tem tempo para baixar o volume do som, *Lacrymosa* do Réquiem de Mozart. Regente Plutão? É ele, me achou, eu sabia que ia me descobrir! Estou aqui, embriagada como nunca estive antes. Por isso te aceito, estranho, te recebo, desconhecido. Esta é a decisão. Explosão de fogos. Alucinação. Enfim, parece chegar o turbilhão dos sentidos.

Ao passar pela vidraça da sala, Violante olha outra vez a rua, vê o prédio e, à janela, o moço bonitão, entrevisto através das cortinas que a ventania lança ao ar. Parece atento à calçada em posição de espreita. Lúcio e Regente Plutão, Violante e Observadora, por instante seus olhares se encontram no mesmo vetor sobre o ermo da noite, um raio cega o caco de lua no céu, que se perde detrás das nuvens do lado norte, infinito. Ali onde começa o temporal e todos os tempos deixam de existir. Uma folha entre milhares de outras se desprende de seu galho e antes de cair ao chão passa rente à janela de Violante.

O telefone continua a tocar, insiste. Violante ainda pensa no rosto viril, que lhe parece ter avistado à vidraça da vizinha. Tenso, bêbado, por quem estará esperando à janela numa hora dessas? Por quem ou será por quê? Deve ser o mesmo que eu espero. Algum acontecimento que tire a opressão da alma, como se ainda houvesse tempo para acontecer qualquer coisa. Atende a chamada, sem conseguir reconhecer a voz estranha que deseja feliz ano-novo e engata um monólogo comprido sem ponto de corte. Deve ter bebido mais que eu, se me diz que é amiga, de onde mesmo eu conheço? Só amigos bêbados telefonam de madrugada. Essa sabe meu nome, sobrenome e até endereço, amanhã eu descubro.

Kyrie Eleison

Do outro lado da rua, Lúcio agora se põe como rocha em estado de concentração e imobilidade. Retira da camada mais funda toda matéria que se assemelhe a audácia, coragem e atenção, pedra por pedra levanta a muralha mental, impermeável, sem orifícios pelos quais possa escapulir a mínima faísca de medo ou indecisão, quando se fizer necessário. Aquela que seria a testemunha ocular já não se encontra em condições, ninguém para ser juiz ou cúmplice, para condenar ou absolver, pois a única pessoa que poderia reconhecer a verdade aparente, perceber evidência ou sinal, àquela hora está a nocaute sob a nebulosa alcoólica, presa ao enredo do telefonema enganoso. Em breve adentrarão na arena para o embate final, Lúcio, Enon e Irene. Enfim, amante, marido e mulher, o triângulo fechado e a sós.

A rua permanece vazia, quieta, avivada apenas pelo estouro dos rojões na noite, desenhos de pólvora misturados a relâmpagos em curto-circuito no céu, sem que se abafem as explosões dos fogos no ronco da trovoada. Eletricidade, artifício. Tempestade. 23h55. A chave gira na porta da sala de Irene, Lúcio ouve o ruído metálico e se esconde na zona mais escura da cozinha. Arma o bote, escorpião, veneno na ponta da cauda, na natureza, no final.

Paixão tem força igual no verso e no reverso, desta vez a moeda em jogo caiu com a face ao contrário. Olhe em meus olhos, meu amor, quero lhe desejar uma feliz passagem de tempo. Que seja suave a travessia deste lado para lugar algum, ali onde o futuro é ausência e o presente, passado sem lembranças. Para você e para nós dois que seja breve a encruzilhada. A sua em direção a não sei onde, a minha para a cidade que fica na parte de cima, humilhada de nascença como eu fui antes e serei depois de você. Irene, apague em mim a luz da paixão, tão estridente que eu já não consigo enxergar minha cidade.

A porta do salão se abre. É Irene e não vem sozinha, ao lado dela está Enon como sempre estivera em sua vida. Rápido, Gambiarra, agilidade, inteligência para alterar os planos. Hora de usar esperteza e ardil. Hora de não sentir nada do que esta alma, a mais amada entre as mulheres, vai perder pela frente ou deixar para trás. Questão de honra, malandro, lembra que é questão de honra.

Irene entra na sala, o cabelo cortado em pontas esconde metade do rosto e a face que não se vê parece querer chorar. Caminha a passos tensos e rápidos para alcançar as taças dispostas sobre a bancada; prontas para o grande final, o cristal brilha na semiescuridão da casa, pouco antes da meia-noite. Antes, porém, ela avista a luz azulada do laptop aberto sobre uma das poltronas do salão.

Continua conectado, na tela piscam mensagens. Regente Plutão, Regente Plutão, cadê você? Irene conhece a senha secreta, entende a situação. Regente Plutão? Lúcio? Lúcio não foi embora! Está aqui de onde eu não deveria ter saído. Meu relâmpago no temporal, está a minha espera, veio me buscar. Enon, pelo amor de Deus, acenda as luzes da cozinha, tome cuidado, preste atenção!

A luz vaza pela porta do refrigerador que Lúcio abre em barricada. Ilumina os maxilares de Enon, dente sobre dente, contração absoluta, a feição de um homem frio e imperturbável. O mesmo jorro azulado revela o perfil de Lúcio, atento, a cabeça girando à força selvagem dos que só puderam escolher um lado, o lado de lá. Parece perturbado diante de sua presa. A cozinha azulejada não é esconderijo para coiotes, nem mesmo na noite de lua minguante escondida pelo temporal. Pois agora, a catedral de nuvens desaba sobre a cidade e ameaça apagar os fogos que dali a pouco já não iluminarão o céu. Antes disso, contudo, ainda brilham no metal da arma que Lúcio aperta em suas mãos. A pistola fria de alto poder ofensivo, a sua favorita, uma preciosidade da Segunda Guerra Mundial presenteada por um parceiro colecionador de armas de fogo, é usada apenas em situações especiais. Naquelas em que não podia errar.

Irene olha os olhos de Lúcio, que olha para Enon, que olha para Irene. Não conhece o olhar de seu homem, mas entende o que virá depois. As taças escorregam de suas mãos, explodem no piso de mármore, uma nuvem, fina concentração de poeira de cristal. O cristal é forte como o fogo, mas não tem remendo, emenda, como na vida, não há volta atrás.

Lúcio, você se lembra? Eu me lembro, eu não tenho como esquecer. Sua alegria, sua risada de dentes brancos, a nossa paixão que nos fez patéticos como fazem as paixões a todos que engolfa em seu lastro. Você cantando, eu ouvindo, Durval Ferreira, sua música, minha música, no rádio do quarto de hotel, no CD da camionete, nos meus ouvidos o tempo todo: *Vem amor que é meu, o nosso amor. Para sempre eu hei de ter você, meu relâmpago na escuridão.*

Os fogos estouram sobre todas as ruas. Nos céus da zona sul, nos morros, nas encostas, nas duas cidades. Sobre as montanhas, refletem nas ondas das praias, refulgem nas poças, nos esgotos dos becos e no amianto dos barracos. Agora chove no mundo. O silêncio já não protege a rua. Da janela se eleva o canto fúnebre, o coro do *Réquiem Aeternum*, massa de vozes masculinas e femininas em camadas compactas, como muro sonante, clama por piedade. *Kyrie eleison, Christe eleison, Kyrie eleison*, misericórdia, pai nosso. A pedir, pai, tende piedade de nós. Uma mulher e dois homens à mercê do amor divino.

Por um segundo, Lúcio hesita. É o descuido imperdoável que diferencia aqueles que se despedaçam em rinhas daqueles capazes de vencer grandes combates. O momento que Enon espera para calcular o risco, erguer o dedo e lançar o golpe final. O homem salta sobre Lúcio e, desta vez mais que nunca, ele sabe ser preciso no gesto, nem um segundo antes, nem um segundo após. Marido e amante lutam pela posse da pistola como tigres enraivecidos pelo direito ao território e à preservação da espécie.

Irene vê Lúcio e ao mesmo tempo vê Enon, uma dor de estilete sobre papel atravessa peito e costelas em sentido oblíquo, traz com ela os estilhaços cortantes de imagens cristalizadas, vindas de um tempo passado e de um tempo imaginado que ela não poderá escolher. Sua vida inteira, o que se perdeu para trás sem que qualquer força pudesse deter, o presente, que agora tem a leveza das coisas etéreas, e o futuro que não pode vislumbrar qual seria, pois não conhece a forma, nem o gosto, nem o cheiro. Todo tempo é irreal no instante de suspensão da realidade. Ruptura.

No duelo pela pistola que Lúcio já não domina, entre um homem e outro, respira a mulher que um deles deseja como à morte e de quem o outro necessita para perceber a vida real. Do outro lado da rua, roda no CD de Violante a nona faixa do réquiem, *Hóstias*, as vozes femininas que às masculinas se entrelaçam para que, em uníssono, sacramente se levantem sobre o asfalto inundado de chuva e lama. A missa que Mozart não terminou, porque para ele a data veio muito antes, em um dia 5 de dezembro, mais de duzentos anos atrás. E ainda agora sua música transmuta em fé o que no fundo das almas é desespero; oferta a dor da carne ao mistério do espírito. O sopro do renascimento. O veneno que detém, em quantidades iguais, metade doce e metade fel.

Com um movimento inconsciente, imperceptível até para ela mesma, Irene desloca o rosto que sai do campo de luz neon. Já não enxerga Lúcio, Enon ou a si própria. Imerge muito longe dali, no leito do oceano mais profundo onde vagam as memórias humanas na eternidade.

A ti somente

Pai meu que está sempre tão longe, acima de todas as coisas, a quem amei como a nenhum outro homem em minha vida, nem no afeto a Enon, nem na paixão por Lúcio, nem na falta de minha mãe. Venha de onde estiver, me enrole no cobertor de lã macia como me envolveu naquela madrugada. Me livre de todos os males de que eu não tive como me proteger. Dos meus que pudesse ter evitado, dos outros dos quais não tive como desviar. Esconda de mim, mais uma vez, o bilhete manuscrito para que eu não mais recorde que ele estava guardado na mesma caixinha de música, que ao se levantar a tampa tocava ai lili, ai lili, ai lô. Seu presente de aniversário quando fiz quatro anos. A caixinha não apenas embalou meu sono como era seu propósito, mas perdida em algum sótão de nossa casa, um dia, como se ali estivesse apenas para isso e para o acaso, desvendou também o pesadelo da longa noite de minha vida. Pai, me explique de uma vez por todas, suicidas teimam em escrever cartas por quê? Mesmo as mães que se matam se justificam de quê? Da pulsão que nasce com os bebês, dos fraquinhos, doentes, condenados até os mais risonhos, rechonchudos, rosados, cheirosos e amados? Criança não teme a morte, quem foi que disse isso, pai? Revele a mim o mistério do princípio que veio de você e do fim de tudo que levo comigo. Agora me tome ao seu colo, me faça esquecer de mim mesma, menina debruçada sobre o corpo da mãe qual *Pietá* ao contrário. Não fuja com sua dor pelo mundo, como eu que vivi para fugir da minha. Sua menina cresceu, sua garotinha ruiva tem 33 anos, uma mulher que se fez da maneira que conseguiu. Vamos falar disso, pai, nunca conversamos sobre o que se passou. Eu porque não queria, você porque não pôde. Agora eu preciso. Desça de onde estiver, venha ficar comigo, sente-se à beira de minha cama, sem contar histórias de princesas, aquelas que eram, a outras que vieram a se tornar e as que sequer pensaram ser princesas ou não. Cinderela, Rapunzel, Branca de Neve, a Bela mais forte que a Fera, Aninha apaixonada pelo cego. Fale comigo sobre a vida, me deixe explicar minhas razões e os motivos para os quais pensei que a vida fosse servir. Preciso olhar em seus olhos como ainda não olhei para mais ninguém. Ainda não feche os meus, alguma coisa eu devo entender enquanto você estiver me embalando aqui e na eternidade, ai lili, ai lili, ai lô. Pai, agora me abaixe as pálpebras.

Sacrifices, dia de ira

Ao som do primeiro *sanctus* que se ergue na casa de Violante, Lúcio gira o corpo, rapidamente se põe em posição perpendicular à esquerda do rosto de Irene. Uma gota extraviada da chuva escorrega pelo basculante da cozinha. Eu posso. Eu devo. Eu quero? Pode ser que eu nem queira de verdade. Quero ver seus olhos esmeraldas de verde-água à luz do sol, opaca à sombra, seja como seja, meu amor. Quero entender para que serve isso tudo. Se fizer sentido não sei para que sentido se fará? E se fizer, Irene, que venha a mim o seu reino, aqui e na eternidade, minha cidade onde brilham todas as luzes, intransponível para mim em qualquer dimensão.

Lembro a parábola africana que acompanha meus passos de coiote oculto pela noite na linha da fronteira onde me pus. Sei que em uma de nossas madrugadas, você vasculhando algum rastro no bolso da minha jaqueta encontrou a tal história escrita em papel pautado que arranquei da agenda e dobrei entre fotografias e bilhetes. Lembra aquela vez, Irene? Seu ciúme me enlouquecendo e eu, sem querer, mentindo. Não se lembra? Pois feche os olhos, meu amor, eu vou aquecer o seu frio, proteger a sua dor e recontar ao meu jeito agora. Leve em sua memória, pois é parte de nossa história, a sua e a minha uma só.

Certa vez, bem no começo, Lúcio se aproximou de Irene que estava à beira de um Rio de Janeiro luminoso. Lúcio vinha fazer um pedido. Irene, você poderia me transportar até a outra margem deste rio tão largo, para o outro lado onde brilham as luzes? Irene nem pensou e disse, só se eu fosse muito tola, porque você vai me picar, quando estiver em segurança na margem onde pretende chegar. Mas Lúcio precisava muito atravessar aquele vão: se eu ferisse você, nós dois afundaríamos juntos. Confiando nas palavras de Lúcio, Irene o carrega sobre as costas. No meio da travessia, sente a ferroada na veia. Por quê? Para quê? Antes mesmo da resposta e no torpor do veneno, Irene entende. Lúcio, meu escorpião, assim o fez por sua índole.

Lúcio vê Irene e Irene já não vê Lúcio, mas ela soube tanto quanto ele o tempo inteiro que, de todos os predadores à espreita, os escorpiões têm medo dos mais tolos, as galinhas e os sapos. Teme as aves vulgares porque são capazes de devorar até cinco deles de uma vez. Mas, sobretudo se acovardam diante dos sapos que, tanto quanto eles, os escorpiões, vivem sua vida na escuridão. Duas pequenas criaturas de hábitos noturnos: o lento sapo e o feroz escorpião, a presa e o caçador como a lei das espécies determina. O destino do mais esperto pode ficar à mercê de um ato de sobrevivência daquele que tem a feição dos ingênuos e a aparência dos bobalhões. Quando chega a hora a vida não perdoa, nem a morte.

Em um lance rápido, Enon, sagaz, ainda detém a arma. Lúcio resiste com os olhos, tentando manter o poder sobre Irene e, se fosse o caso, sobre a pistola, agora, engatilhada no dedo de Enon. No segundo decisivo, os dois veem em câmara lenta Irene se jogar entre a mão que segura a arma e o corpo de Lúcio, que avança em sua direção. A pistola dispara um estampido só, uma bala a menos. Pesa como chumbo que o punho de Enon não consegue controlar. A pistola escorrega, cai junto aos pés de Irene, tão ruiva e tão pequena, que ainda há pouco falava com a voz rouca das crianças resfriadas, os cabelos cortados em pontas, cobrindo de viés o olhar ensimesmado de Manet.

Naquele lugar e naquela hora, tudo desaba. Sobre o mármore da cozinha, a árvore rubra de Mondrian não sabe se curvar ao vento e esperar o tempo da ira passar, porque é de sua espécie ter raízes fracas, delicadas, como a alma das meninas. Não consegue atravessar um palmo de terra e se agarrar ao áspero torrão da vida. Agora, a luz fria de néon é só jorro azulado tingindo o chão, dividindo o piso frio em zona de sombra e luz. Uma mancha de sangue, que o clarão instantâneo dos relâmpagos faz parecer escura como vinho escorre, na casa, desde então, sem Irene.

Do alto do morro Santa Marta, talvez uma criança, um Lúcio ainda menino sonhe com as luzes aos seus pés e quanto mais longe elas estão, mais cintilam e atraem quem tem alma de mariposa. Do morro estouram rojões, lava de vulcão em atividade sem se fazer anunciar. Erupção que a chuva, então uma sonora cortina de água, não apaga. Só afaga e banha docemente em sua compaixão.

Enon e Suzon

E agora quando tudo se revela, o que faço de mim? Por que lutei pela arma? Por que desafiei este homem selvagem, definido em suas escolhas, viril, debaixo da chuva que encharca minha alma e, para sempre, a dor de Irene? Se eu tive a posse da arma, por que acabar primeiro com ela, e não comigo mesmo?

Mas a luz que ilumina este quadro não vem da porta entreaberta da geladeira, não vem dos fogos deste começo de madrugada, nem daquele risco de lua que antes da tragédia há pouco se levantara no céu. Deles não vem luz alguma, como não vinha das rutilantes arandelas ou das lâmpadas do bar parisiense a luminosidade pálida e esbranquiçada do dia, que Manet transpôs de seu estúdio para a tela.

Tampouco a moça que tive ao meu lado é Suzon, a camareira do *Folies-Bergère* que saiu dos subúrbios de Paris, com suas 30 mil prostitutas, para posar no estúdio do pintor. Esta que viveu até hoje como a minha mulher tinha a mesma juventude e frescor, e o mesmo olhar cauteloso, tão bela que não precisava de maquiagem. Irene, sabe o preço que paguei para ter você ao meu lado? A dúvida, a pergunta que se esconde detrás de seus olhos como em mim mesmo. E aqui chegamos, sem respostas para mim, sem respostas para você, sem respostas para nós dois. Que no final não há resposta para nada. Você, que manteve distância furtiva de minha pessoa. Eu, que nunca fui um parceiro lascivo para suas noites de entrega. Ainda assim vivi um amor, único, extravagante. Agora eu sei que tudo no amor não é mais que ilusão necessária.

A vida, em alguns momentos, em momentos como este, é o mesmo que o espelho expondo o que de outra maneira continuaria escondido e invisível. Agora eu vejo e com estranha sensação sei que estou nesta cena, reconheço a mim mesmo e já entendo a resposta. Tudo não passa de representação na pintura e na vida, pois ambas desafiam as regras da ótica e da perspectiva para serem apenas o que são. Só reflexo, como foi o cavalheiro diante de Suzon, um artifício irreal. As mulheres, antes que um homem as veja como são, já se viram refletidas tantas vezes, o tempo todo, elas com elas mesmo, porque é da alma feminina confrontar a solidão. O elemento espiritual de minha vida em surdina, o escudo de que me cerquei, em nada pôde me proteger de estar aqui neste instante. Falhei, me iludi para não ser o que sou nem como me fiz parecer.

O nome da jovem de Manet era Suzon, o nome da minha mulher é Irene. O gênio de obras-primas não era um realista nem pretendia ser. E ainda que tivesse modelos posando, em peles, carnes e ossos, ele não copiava a matéria. Gênios são aqueles que simplificam a vida para que ela se reinvente em arte, simples aos olhos, complexa ao sentido. Mais duradoura que a existência efêmera do modelo. O fato é que agora tudo acaba abreviado.

Estou cansado, como o artista, um homem doente do começo ao fim. Também eu, findada a minha obra, não tenho remédio a não ser cair sobre o sofá. Tudo terminado, concluído, sem respostas ou soluções. Se nem ele o criador em seu derradeiro trabalho esperou descobertas verdadeiras, como poderia eu esperar de Irene? Confinada à moldura que construí em sua vida, ela foi ao mesmo tempo livre, e de uma forma tal que, para mim, se transformou numa figura intocável, uma criatura e seu mistério aprisionados para sempre.

Irene, como Suzon, minhas mulheres e irmãs que não tive, senhoras do meu passado, do meu presente e de até aonde se estender meu futuro. Jovens mulheres distantes, como minha mãe. Prostitutas? Tudo pode ter sido.

Um canto moçárabe

O estrondo dos rojões vem misturado ao coro fúnebre da *Lux Aeterna* na casa de Violante, o canto atravessa a janela e a rua inteira. Presa ao telefone, tentando entender por que uma mulher que não conhece, de quem nunca ouvira falar, em nome de uma distante amiga em comum, que ela nem lembra ter existido, a convida para uma festa àquela hora já passada de tudo. Nem vê a luz perpétua de Irene partindo na escuridão, quando já não existia aquele caco de lua no céu.

Violante desliga o telefone, percebe vagamente a explosão dos fogos, sem se dar conta da hora, abre uma nova garrafa de champanhe e brinda o feliz ano-novo. Sobe as escadas e volta o CD à faixa anterior, quando o cordeiro de Deus ainda poderia tirar os pecados do mundo. Não se dá conta de que agora só resta um tende piedade de nós, nem clarão de lua, só a chuva apaziguadora que sucede à tempestade. Ainda se lembra de voltar ao computador para quem sabe um reencontro, mas na tela nem janelas, nem mensagens, nem Regente Plutão. A conexão está desfeita. Violante, então, desiste.

No cansaço que geralmente sobrevém aos sentimentos confusos e às emoções embaralhadas, a mente pousa sobre o limiar da realidade como passarinho no fio de luz. O corpo físico busca uma pausa que a mente não consegue alcançar. Quero um instante sem mim, apenas um. Violante procura outro CD, qualquer música que derrame bálsamo sobre a existência extenuada. Casualmente esbarra na antiga gravação das elegias fúnebres para reis e príncipes, a liturgia ancestral dos que clamam pelo morto em suas preces. Levada pelo cântico dos monges, ela cai no abismo entre sonho e vigília, enquanto na casa soam as vozes beneditinas como nas catedrais hispânicas. Que os mortos tenham eternidade venturosa, que repousem em sossego carne e espírito por todos os tempos afora. Assim as vozes suplicam ao soberano da treva e da luz que a alma descanse na vida celestial. E, ainda que em outra existência a carne tenha sido fraca e o espírito desesperançoso, ela possa alcançar no pó, na cinza, nos vermes e até na lama, a graça da plenitude. Que, no final de tudo, haja paz. Desse modo, Violante enterra o corpo sob os lençóis, dorme como pela primeira vez no mundo.

Luminosa manhã

Que luz é esta rompendo a estilete minha janela aberta? Que amanhecer é este, estridente como trombetas, que ar condensado e sufocante, sobre a montanha e a mata? Que bafo de temporal amanhecido, que suor encharcando os lençóis. Estou vestida, dormi de sandálias? Não, eu não dormi, só fiquei extremamente cansada, bêbada e tão cansada, que fui além de mim mesma, fiz a curva na reta, perdi a linha, derrapei. Que manhã está amanhecendo agora? É apenas sexta-feira, primeiro dia do ano. Relembre tudo, Violante, relembro. Espumante, Regente Plutão, o moço bonitão no casarão da frente, o caco de lua no céu, o telefonema esquisito e, no meio de tudo, os fogos e o temporal. Neosaldina na veia, por misericórdia! Volta ao prumo, mente clara, pés no centro.

Violante se arrasta até o terraço, abre a ducha sobre o corpo ainda vestido e calçado, o jato precipita-se sobre ela como a cortina de chuva sobre a rua na noite que começa a clarear. Escorre dos cabelos ao corpo, pinga dos pés nos degraus, enquanto ela desce a escada. Senhor, um copo de água gelada para refrescar essa sede de peregrina, regar o deserto de sentidos que se faz agora dentro de mim.

Só ao passar pela vidraça da sala, ela se dá conta de que a rua voltara a ser como todas as ruas no amanhecer de verão. Tudo se movimenta, ouve ruídos e vozes e até o passarinho matutino assovia pelas grades da gaiola na varanda de algum vizinho. Mas daquela vez a vida soa de forma estranha.

Escuta o que ainda não enxerga. Distingue as vozes dos vizinhos e, ao mesmo tempo as sirenes, uma, duas, três, estouram nos tímpanos, na cabeça, que por pouco não implode como anã pequena, buraco negro na testa. Agora se foi a noite parada que caía singularmente sobre a rua ainda há pouco. Sem encontrar o ponto gravitacional sempre a lhe fugir dos pés, ela aderna em direção à janela, e se naquele momento se visse ao espelho, a camada de prata refletiria o passo de astronauta sobre a superfície lunar. Da vidraça, ela vê a calçada e os vizinhos, personagens do jogo de faz de conta em suas madrugadas insones. Então, as pessoas feitas realidade, falam, gesticulam, se agitam aos bandos.

O rabecão entra na rua no momento exato em que Violante consegue se aprumar ao parapeito. Um saco plástico inflado de vento flutua para lá e para cá na camada de ar quente estacionada à janela. Ela vê a ambulância do Corpo de Bombeiros e o carro da polícia atravessados na perpendicular do meio-feio. Uma maca é retirada da garagem do casarão e, sobre ela, o corpo coberto por lençol branco. Um morto? Não, uma morta, que Violante identifica quando a mecha de cabelo ruivo escapole da mortalha e se faz reconhecer. Santo Deus! O que vejo é o que vejo? Se eu estou de fato acordada não pode ser pesadelo, deve ser outra arapuca de minha imaginação.

Mas os vizinhos falam, falam alto, discutem, opinam, comentam, tentam entender com palavras o que não tem explicação. A cabeça da mulher à janela explode em cacos de lua, em fogos de artifício, em relâmpagos na escuridão. No céu, agora lavado pelo temporal, alguma cor se insinua luminosa entre o amarelo e o alaranjado, como deveria ter sido antes, como talvez seja daqui a pouco.

O homem que parecia ser o marido está cercado de rostos estranhos à vizinhança, homens de óculos escuros, ternos bem cortados, que descem de carros importados, portas abertas por motoristas, e, imediatamente, se formam em hostes no concílio de generais. O morenão, que parecia ser o amante, sai do casarão algemado, empina o peito, sob a camiseta branca, como se defendesse uma bandeira, exibe manchas de sangue que o sol da manhã ilumina e, em breve, irá ressecar. Caminha alternando o peso sobre o arco das pernas. Não reage quando o policial parrudo o atira aos empurrões no banco de trás da patrulha policial. Só então, gira o pescoço, tenta seguir com os olhos o que resta da mulher que há pouco tivera entre os braços. O corpo sob o lençol, a alguns passos dali, é levado para o rabecão. Lúcio abaixa a cabeça, encolhe o ferrão na cauda, escorpião nada pode fazer diante do sapo, aceita docilmente o inevitável: a cova fria da clausura sem Irene.

Eu, o dono da arma, o primeiro a me debruçar sobre Irene, a tomar seu corpo ao meu peito e colar meus lábios em sua boca, como se ela pudesse mais uma vez fechar os olhos e buscar minha língua, respirar, grudar seu coração ao meu. Dois sinos batendo juntos; o mesmo ritmo, a mesma dor, o mesmo gozo, a mesma falta de sentido. Minha branquela, meu anjo, desta vez eu perdi para a evidência dos fatos.

O outro que parece o marido ergue o queixo, sustenta o olhar. Testemunha de flagrante? Assassinato perfeito? Sua mulher ruiva, de cabelos cortados em pontas e olhos vagos de Manet, não existiu na vida real. Ilusão, que ele poderá reaver no quadro que um dia ainda terá na parede de sua sala. Para seu usufruto exclusivo, consolo e prazer. Dá as costas para o crime, confiantemente se afasta. Uma viatura da polícia arranca com a sirene ligada, atrás dela seguem o rabecão e um cortejo de carros importados.

O casal de velhos do segundo andar acompanha o último ato. Os mesmos que, na noite passada, caminharam devagar pela rua silenciosa. Isso, quando ainda rondava no céu o caco de lua minguante. Os dois estão parados na calçada debaixo da janela de Violante, o homem abraça a mulher e fala para o porteiro do prédio ao lado. Um fragmento da conversa sobe aos ouvidos de Violante. Agora pense, ninguém está seguro nesta cidade. A que ponto eles vão chegar? Invadem nossa casa, bebem nossa bebida, usam nosso computador para Deus sabe lá o quê, como se fossem hóspedes convidados. Abusados, não querem só os nossos bens, querem também nossas vidas. Mas por isso acham que podem sair matando nossas mulheres? A velha sacode a cabeça, aquiescendo toca a mão tremida no braço do velho marido para que ele não perceba que se não fosse seu apoio nem com a ajuda da bengala daria um passo para frente ou para trás.

Outra patrulha da polícia freia bruscamente e estaciona junto ao casal. Um dos policiais se aproxima do grupo, outro tenta se proteger de testemunhas junto ao portão do prédio de Violante. Entre frases entrecortadas ao rádio, ela consegue ouvir. Positivo, confirmado, a senha confere, nosso parceiro Regente Plutão. Ele mesmo, camarada. Deixou a senha no computador. Ainda por cima usou a própria arma. Quanta burrice. Percebe a enrascada?

As sirenes se afastam e, junto com elas, o corpo da vítima e o destino do réu sem crime.

Do silêncio

De volta ao terraço do apartamento, pés descalços sobre o piso ardente pelo sol de maçarico, Violante olha a mata e se debate em tremores de corpo inteiro como alguém que pisasse na cauda do escorpião. Regente Plutão! O moreno bonitão ao alcance de meus olhos, a 50 passos de minha casa, a 30 metros de minha janela. Tão longe de minha vida, tão perto de meu coração por alguns instantes. Como eu haveria de saber? Como poderia? O que teria feito se de alguma forma eu pudesse evitar? Que outro desfecho eu daria para esta mesma noite se tudo não fosse real, mas apenas encenação do meu teatro noturno? Nem estando à janela eu percebi que se armava a tragédia anunciada pela tempestade. Ali estava aos meus olhos a essência humana se confrontando com a paixão e o ódio, o medo e a traição. Pressenti o que não fui capaz de enxergar desenrolar-se à minha frente: o destino se adiantando ao encontro daqueles que caminhavam em sua direção. Não percebemos os sinais. E eu, ainda que percebesse, teria como impedir? Isso não vou saber jamais. Se um dia, em alguns meses ou anos, em um tempo qualquer, eu vier a esquecer, talvez possa mudar na memória o acontecimento que agora já nem se assemelha à vida real.

Repentinamente, no céu luminoso, nuvens se organizam em bandos compactos, repetindo o movimento das aves de arribação no sentido inverso ao oceano. Sobre as montanhas da cidade, novamente, cavalga o tropel dos trovões, vindos em ondas sucessivas de alguma direção do continente. Uma gota vaporosa desliza do mar suspenso e pousa na atmosfera como o pássaro sobre o fio dos postes. Violante vê cúmulos-nimbos se empilharem no feitio de um manto barroco. Então, fecha as portas do terraço, corre a cortina e se joga na cama ainda desfeita. Antes de adormecer, novamente, imagina que as lembranças, como nuvens, em breve se deixem levar e se façam tempestade em algum limbo da memória. Mas ela sabe que sobre a vida inteira construída à custa do equilíbrio e da harmonia, alguma viga despencara do concreto. E, como taça de cristal, se desintegrara no chão.

Este livro foi composto na tipologia Sabon LT Std, em corpo 11/16, e impresso em papel off-white 90g/m² no Sistema Cameron da Divisão Gráfica da Distribuidora Record.